VALÉRIA MELKI BUSIN

quer tc comigo?

ilustrações
Mariângela

DIÁLOGO

editora scipione

Gerência editorial
Sâmia Rios

Edição
José Paulo Brait

Assistência editorial
Camila Carleto

Revisão
Mariana de Lima Albertini,
Renato Luiz Tresolavy
e Thiago Barbalho

Coordenação de arte
Maria do Céu Pires Passuello

Diagramação
Fábio Cavalcante

Programação visual de capa e miolo
Rex Design

Ao comprar um livro, você remunera e reconhece o trabalho do autor e de muitos outros profissionais envolvidos na produção e comercialização das obras: editores, revisores, diagramadores, ilustradores, gráficos, divulgadores, distribuidores, livreiros, entre outros.
Ajude-nos a combater a cópia ilegal! Ela gera desemprego, prejudica a difusão da cultura e encarece os livros que você compra.

editora scipione

Avenida das Nações Unidas, 7221

CEP 05425-902 – São Paulo – SP

ATENDIMENTO AO CLIENTE
Tel.: 4003-3061

www.scipione.com.br
e-mail: atendimento@scipione.com.br

2017

ISBN 978-85-262-8380-0 – AL
ISBN 978-85-262-8381-7 – PR

CAE: 263366 – AL

Cód. do livro CL: 738022

2.ª EDIÇÃO
5.ª impressão

Impressão e acabamento
Gráfica Paym

Dados Internacionais de Catalogação na Publicação (CIP)
(Câmara Brasileira do Livro, SP, Brasil)

Busin, Valéria Melki

    Quer TC comigo? / Valéria Melki Busin; ilustrações Mariângela Haddad. – São Paulo: Scipione, 2003. (Série Diálogo)

    1. Literatura infantojuvenil I. Haddad, Mariângela. II. Título. III. Série.

03-1391   CDD-028.5

Índices para catálogo sistemático:
1. Literatura infantojuvenil   028.5
2. Literatura juvenil   028.5

*Ao meu pai e à minha mãe, por me desperta-
rem para o prazer da leitura.*

*Às minhas sobrinhas Bia, Laura e Daphne, que
desde pequenas têm o coração livre de preconceitos
e sabem respeitar e conviver com as diferenças.*

SUMÁRIO

Capítulo 1 7

Capítulo 2 15

Capítulo 3 21

Capítulo 4 30

Capítulo 5 39

Capítulo 6 46

Capítulo 7 53

Capítulo 8 61

Capítulo 9 71

Capítulo 10 78

Capítulo 11 86

Capítulo 12 94

Capítulo 13 98

Capítulo 1

– Droga! Mudar de novo, pai? Faz menos de um ano que a gente veio pra esta casa! Justo agora que eu tava começando a fazer amigos na escola e a gostar daqui? – eu estava inconformado com a notícia que meu pai havia acabado de me dar.

– Filho, sei que não é fácil, mas pense no lado bom, poxa! Estamos mudando porque fui promovido mais uma vez no trabalho. Vamos morar em uma casa mais legal, com piscina e tudo. E você vai poder estudar em um colégio bem melhor, não vai ter de sofrer tudo o que sofri. Na sua idade, eu já trabalhava, sabia? Estudava à noite...

– "... e comia marmita fria, tudo para dar do bom e do melhor pra nossa família, e você é um ingrato e..." – imitei meu pai, com uma voz impaciente. – Já conheço esse papo, pai, me poupe.

– Bom, Marcelo, se você não quer ser razoável, nós paramos a conversa agora mesmo. Vamos mudar, sim! Isso já está decidido! E se você só consegue se preocupar com seu mundinho, eu fico pensando se todo o meu esforço tem mesmo valido a pena.

– Eu não tô desprezando tudo o que você conquistou. Eu sei que você sofreu muito pra chegar aonde está agora, mas os tempos eram outros, né, pai?

– Eram, sim. Muito mais difíceis! E... quer saber? Eu me orgulho de ser um dos poucos nesse país que subiram na vida graças ao trabalho, pelo próprio esforço. Você devia estar orgulhoso de ter um pai que venceu a miséria e o preconceito e agora ocupa o cargo mais importante do departamento jurídico de uma grande companhia. Sabia que eu sou o primeiro diretor negro da empresa? Mas... deixa pra lá! Você é um garoto mimado, nunca vai saber o que isso significa.

De repente, aquele silêncio. Que droga, ele tinha toda a razão. Fiquei meio envergonhado. Mas e eu? É claro que eu tenho orgulho dele, e muito. O cara é um paizão! Trabalha pra caramba, até demais para o meu gosto. Bem que eu queria que a gente ficasse mais tempo juntos, mas ele vive ocupado, quase nunca tem tempo para mim. Meu pai é tão sério! Mas também cuida tanto da gente...

Droga, por que eu não consigo falar essas coisas para ele? Ah, foi tão difícil encontrar uma turma no bairro, me sentir parte do grupo... Ele não sabe o que eu tenho passado. Eu também tenho lá a minha razão. Mas, pensando bem, pode ser que ela seja meio egoísta mesmo. Droga, droga, droga! Como é ruim ter de dar o braço a torcer...

– Pai...

– Humm?...

– Você me desculpa?

– Do quê?

– Tô sendo egoísta. Pra falar a verdade, tô mesmo muito orgulhoso da sua promoção. Parabéns, pai, do fundo do coração!

– Tá bom, filho, me dê um abraço!

Um pouco antes de fazer quatorze anos, eu já morava no bairro do Morumbi, em São Paulo. Para mim, era muito chato. Todos os meus amigos estavam do outro lado do planeta. Até que veio bastante gente na minha festa de aniversário, mas eu achava que, depois de um tempo, nenhuma amizade de rua iria resistir a tamanha distância.

Já a Fernanda, minha irmã, achou ótimo. Ela estava fazendo o último ano do Ensino Médio e cursinho ao mesmo tempo. Tinha certeza de que entraria na USP. Como o Morumbi é muito mais perto da universidade do que o Alto de Santana, lá na Zona Norte, ela estava radiante.

Minha irmã é muito inteligente e estudiosa, a gente se entende superbem. Ela me deu o maior apoio para superar essa mudança, e não tenho vergonha de dizer que, em muitos momentos, foi a minha melhor amiga. Meus colegas acham isso esquisito, pois quase todos vivem brigando com seus irmãos.

– Cé, é difícil mesmo. Eu posso imaginar.

A Fernanda era a única pessoa que me chamava de Cé, desde que eu era pequeno. Eu gostava desse seu jeito carinhoso e dessa exclusividade, que reforçavam ainda mais nossa intimidade.

– Nanda, você não tá achando ruim? Quero dizer, ficar longe dos amigos, mudar tudo de novo?

– Não, Cé, pra mim é diferente. Tenho muito mais amigos na escola do que no bairro. E cada um mora num canto diferente, todo mundo meio que atravessa a cidade pra estudar lá. Meus interesses estão mais pros lados de cá: a faculdade, os lugares que frequento... Tudo vai ficar mais fácil pra mim agora.

– Mas eu odeio mudança! Eu tava me adaptando tão bem! E agora vou mudar de escola no meio do ano, pegar uma turma cheia de panelinhas... Ah, Nanda, vai ser muito chato.

– Bom, não vou dizer que vai ser fácil. É preciso um pouco de paciência, porque qualquer mudança implica ganhar e perder uma porção de coisas. Neste momento, você só consegue enxergar as perdas. Isso é normal. Mas, com o tempo, vai ver que as coisas vão começar a melhorar. Não fique tão preocupado.

– Mas... e os meus amigos?

– Você vai acabar percebendo que as verdadeiras amizades se tornam muito mais sólidas com essas turbulências. E, com o tempo, é possível fazer um monte de amigos novos. Pode acreditar!

– Ah, Nanda, quero só ver!

Para a minha mãe, a mudança não fazia muita diferença. Aliás, ela sempre foi um pouco ausente, sei lá... Parecia estar mais interessada em seus próprios projetos. Ela é secretária trilíngue – é fluente em português, inglês e francês – e quer crescer na profissão. Agora, por exemplo, está estudando alemão e espanhol. Por trabalhar numa empresa suíça, ela precisa dominar o alemão para ter mais chance de receber uma promoção. O espanhol é por causa desse negócio de Mercosul.

A professora de Geografia explicou o que é o Mercosul. Ela disse que, se ele fosse implantado com sucesso, haveria mais comércio entre os países da América Latina. Mas ainda não entendi direito. Quando perguntei para a minha mãe, ela disse que me explicaria mais tarde, porque estava atrasada para a aula de alemão. Só que, depois, ela não explicou nada. Essa é uma das principais diferenças entre ela e meu pai, que se preocupa *de verdade* com a gente.

Outra grande diferença é que minha mãe veio de uma família com mais recursos, estudou em escola particular, teve uma vida melhor. Talvez, por isso, ela tenha esse rosto lindo, sem as marcas que a miséria deixou em meu pai. Ele é muito tenso, e ela parece ter o espírito mais leve. Enfim, cada um na sua.

Estávamos todos às voltas com as arrumações finais na nossa casa. Mudança é fogo. A gente vive perdendo as coisas e, por um bom tempo, não encontra o que procura! E olhe que eu nem sou tão desorganizado assim, mas, empacota aqui, desempacota lá... Ufa! Que trabalho!

Apesar de tudo, havia um lado bom: a piscina da casa nova era demais! Aliás, a casa toda era linda. E era bem grande também. Muito maior que a outra, que não era pequena. E o bairro era bem bonito, apesar de parecer que as pessoas não saíam às ruas, que estavam sempre desertas. Isso me dava um pouco de aflição, porque ficava pensando onde poderia fazer novos amigos.

Era fim de julho, fazia muito frio em São Paulo, e eu estava em compasso de espera. Ansiava pelo verão para aproveitar a piscina. Aguardava também agosto para conhecer minha nova classe.

A escola onde eu estudaria era daquelas bem tradicionais. Quando fui fazer o teste de admissão, fiquei impressionado com o tamanho do lugar. Tão grande que tinha até um bosque. Maravilhoso, por sinal! Eu tive a impressão de que iria me sentir pequenininho lá dentro. Não vou mentir, eu estava com medo.

Enfim, havia chegado o grande dia. Eu tinha sentido até um pouco de dor de barriga no domingo. Foi a Nanda que me deu uma força. Ela me disse que era para eu ficar muito atento aos sorrisos.

– Como assim?

– Fique atento às pessoas que receberem você com um sorriso. Se alguém olhar torto, não ligue. Esses não valem a pena. Você não acha que vai ser odiado de cara, né? Logo um sujeito que sempre foi tão popular como você...

– Mas também não vão me amar de primeira, né?! "Chegou Marcelo, o gostosão do pedaço... tchan, tchan!"... Ah, Nanda, tenha dó! E você sabe que, no começo, eu sou muito tímido, me atrapalho todo. Até gaguejar, às vezes, eu gaguejo.

A Nanda ria e acariciava a minha cabeça.

– Bobinho, vá por mim. Preste atenção em quem sorrir pra você, tá?

– Vou tentar.

E foi o que fiz. Não sei se era o nervosismo, ou se as pessoas eram diferentes mesmo, mas tive a impressão de que todo mundo estava de cara meio fechada. Bom, para ser honesto, duas pessoas me receberam amistosamente. A Laura, uma garota muito bonita e de olhar inteligente, e o Pedro, um cara super boa-praça, meio bagunceiro e engraçado. Com eles foi bem fácil, parecia até que a gente já se conhecia. Vieram me dar as boas-vindas antes mesmo que o coordenador do nono ano me apresentasse à turma.

Quando Túlio, o coordenador, entrou comigo na classe, eu morri de vergonha. Não sabia onde enfiar a cara nem onde colocar as mãos. Um saco ser tímido!

Superei o primeiro dia. Os seguintes foram bem melhores. Pelo menos, já sabia que havia pessoas bacanas. Uma boa parte da classe era bem receptiva. Acho que o fato de eu ser inteligente, modéstia às favas, ajudou bastante. Os professores também me receberam bem e me elogiavam muito.

Estranhei um pouco a disciplina rígida. A gente tinha de se levantar a cada vez que um professor entrava, e eu não via o menor sentido nisso. Para falar com ele, era preciso obter autorização primeiro. Isso criava um fosso entre os alunos e os mestres. Senti falta da intimidade que eu tinha com os professores da minha antiga escola.

Comentei isso com meu pai, e ele dizia que disciplina era importante para a formação e blá-blá-blá... A Nanda disse que isso era ruim, que ela teria dificuldade para aguentar, mas me fez ver que aquela escola era muito forte, e que, se me saísse bem por lá, teria chance de entrar em qualquer faculdade. Pensando nisso, engoli os sapos com certa tranquilidade. Mas que era um pé, lá isso era!

O Pedro é que não engolia muito, não. Vivia encrencando com os professores, com o Túlio e com a diretora. Como ele era muito, mas muito inteligente mesmo, e vinha de uma família supertradicional e importante, todo mundo meio que aturava seu tom desafiador e seus questionamentos constantes. Esses, cá entre nós, eram sempre muito pertinentes. E eu o admirava cada vez mais por isso. Ficamos muito amigos, uma dessas amizades de que a Nanda costumava falar: sólida, duradoura.

Uma coisa que me impressionou, e mal, foi perceber que era o único negro em toda a escola. Eu me sentia o patinho feio, sabe? E isso me incomodava muito.

A Laura e eu nos demos muito bem e, bom... ela era mesmo bonita. Logo rolou aquela, digamos, química especial, e começamos a *ficar*. Sabe como é, né? Aquela coisa de trocar uns beijos, mas sem compromisso. Ela era uma garota inteligente, apesar de mimada e um pouco frágil. Era bom estar com ela, mas senti que isso despertou um certo mal-estar na turma. Ou era impressão minha? Sei não...

Capítulo 2

Tudo caminhava até que muito bem. Fazia mais de um mês que eu estava na escola nova e, aos poucos, conquistava o meu terreno. Fui muito bem nas primeiras provas – que alívio! – e já tinha mais amigos. Amigos de verdade, como a Verinha, o Tôni e o Edu Bigodinho.

A Verinha era muito bacana. Todo mundo gostava dela, porque era ótima ouvinte. Sabe como é? O tipo de pessoa que sabe ouvir quando alguém tem um problema. Se algum de nós ficava meio *deprê*, procurava a Verinha para desabafar. E ela estava sempre disposta a ouvir e atenta ao que se passava com os amigos:

– E aí, Rafaela, o que está acontecendo? Eu notei que você estava tão tristinha ontem lá na quadra...

E essa era a deixa, o presente que ela oferecia. Quem é que não agarrava a chance de ser paparicado?

– Ah, Verinha, você pode conversar comigo no intervalão de hoje? Eu tô meio chateada.

– Claro, Martinha!

Ela sempre arrumava um tempo para ouvir. E dava uns conselhos tão legais – mais ou menos como a Nanda fazia comigo – que as pessoas se sentiam acolhidas de verdade.

O Pedro me contou que, até o ano anterior, a Verinha era uma aluna excelente. Ficava sempre entre os três melhores da turma. Mas, naquele ano, andava meio dispersiva, tirando nota baixa direto. Às vezes, ela nem entregava os trabalhos, o que nunca acontecia antes. Um dia, ele me contou, descobriram que ela estava fumando no banheiro. Foi um massacre! O Túlio encontrou a Verinha e deu uma dura federal. Chamou os pais dela, que lhe deram a maior bronca em casa.

A Verinha ficou arrasada. E, por mais que as pessoas tentassem ajudar, ela não desabafava com ninguém. Quando se tratava dos problemas dela, hum... a menina se trancava e dizia que era só impressão nossa, que estava tudo bem. Mas, na verdade, não estava.

A Laura me contou que uma turminha maldosa da escola vivia dizendo que ela andava *viajando* ultimamente porque estava envolvida com drogas. Falavam que ela era da pesada. Os amigos de verdade não acreditavam, mas também não sabiam dizer o que estava acontecendo. De qualquer maneira, a Verinha era sempre um enigma para quem se importava de verdade com ela.

O Tôni era um garoto meio franzino, inteligente e de um bom humor constante. Com ele, não tinha tempo fechado. Fazia piada de tudo, mesmo quando ia mal nas provas ou quando alguma coisa não dava certo. Ao lado dele, era só alegria o tempo todo.

Finalmente, o Edu Bigodinho. Bom camarada, companheiro, atleta e mulherengo. Vivia se dando mal, porque namorava uma, saía com outra e *ficava* com uma terceira. Quando as garotas descobriam, era uma confusão geral, e ele, invariavelmente, acabava sozinho. Meio maroto, ele dizia:

– Que culpa tenho eu, se amo as mulheres?! É um vício, compreende? É um vício!

Laura não se conformava. Achava que ele era um machista descarado. Mas eu penso que, no fundo, no fundo, ele era muito inseguro. Para se autoafirmar, partia para as conquistas. Mas a Laura não dava mole:

– Aí, Edu! Tomara que você acabe sozinho, pra largar mão de ser besta!

E a Verinha emendava:

– Até quando você pensa que vai conseguir usar as mulheres assim, seu sem-vergonha?

Mas o Edu levava tudo na brincadeira. E elas não conseguiam ficar bravas de verdade quando ele saía de fininho, falando:

– Eta mulherada brava, meu! É melhor eu tirar meu time de campo, antes que apanhe aqui mesmo.

No fim, todo mundo acabava dando risada.

Bom, eu já tinha uns "inimigos" também. O Rodrigo era o maior deles. Chamar esse sujeito de inimigo é até valorizar o cara. Não chegava a tanto. Mas que não tínhamos nada em comum, isso era verdade. Ele era arrogante, meio nojento. Vivia falando de grana, das coisas caras que tinha e do poder que o dinheiro lhe dava. Eu achava isso muito babaca.

A Laura dizia que novo-rico é assim mesmo, acredita que o dinheiro é que faz as pessoas. Eu achava isso meio preconceituoso, porque conhecia muita gente legal que tinha grana fazia pouco tempo. Meu pai mesmo, que foi pobre na infância, tinha valores muito diferentes. Não tinham nada a ver com os do Rodrigo. Mas a Laura era de família tradicional, então... já viu, né?

De qualquer forma, o cara era mesmo um chato. Em uma roda só de garotos, ele vinha com aquela conversa de que tinha transado com fulana, que tinha papado a sicrana, que não sei quem era galinha, porque dava para todo mundo. Argh, que conversa ultrapassada! O Pedro olhava para mim com um jeito bem malicioso, como quem diz: "cão que ladra..." E a gente saía de perto, porque não pensava como aqueles babacas, que admiravam as supostas façanhas sexuais do sujeitinho.

Cá entre nós, quem ainda pensa assim está muito por fora. Uma coisa que aprendi desde cedo em casa é que mulher não é coisa, e que sexo não deve ser manifestação de poder. Claro que nunca se falou abertamente de sexualidade em casa. Meu pai é meio antiquado nesse ponto, mas sei que é importante respeitar as mulheres. Minha mãe e a Nanda foram excelentes mestras: mulheres fortes, que sabem se valorizar. E acho que é justamente por isso que meu pai admira tanto a minha mãe.

Bom... mas como eu ia dizendo, tudo estava indo bem na escola, até que a Laura e eu começamos a namorar firme. Enquanto a gente só *ficava*, as reações adversas eram meio que abafadas, como se não fosse nada importante. Mas quando a gente decidiu namorar, hum...

A Laura contou a novidade para um grupo que conversava no intervalão:

– Ei, pessoal, vocês sabiam que o Marcelo e eu estamos namorando firme?

As reações me assustaram. O Cláudio engasgou com o refrigerante que tomava, o Renan fez cara de susto. Mas a pior resposta foi a da Rafaela:

– Você tá brincando, né, Laura?!
– Não, tô falando sério, por quê?
– Ah, Laura, deixe a sua mãe saber disso...
– Ué, o que é que tem? Não tô entendendo.
Eu fui saindo de perto, porque já tinha entendido.
– Laura, sua família não vai aceitar. Não mesmo!
– Qual é, Rafaela? Por que não?

Foi a Rosana que completou aquilo que a Rafaela não teve coragem de falar. Eu estava um pouco distante nessa hora, mas ainda pude ouvir:

– Porque o Marcelo é preto, Laura.

Ainda bem que não ouvi o final daquela conversa estúpida. Já estava longe, mas a Laura me contou depois:

– "Pra falar a verdade, nem sei como você tem coragem de beijar um cara de cor! Pensei que você tava só brincando com ele".

– *De cor*, Laura? A Rosana falou *de cor*??

– É, Marcelo, mas pior foi a Rafaela. Ela pirou! Falou assim: "Tá certo que o Marcelo é um cara legal. Ele é preto, mas tem alma branca, né? Mas pra namorar? Você não acha que tá indo longe demais?". Fiquei tão atordoada que não sabia o que responder. O Cláudio ainda brincou, vendo que eu tava passada: "Vai ver que ela queria saber se os negros são mesmo bons amantes, né?". Eu saí correndo, com raiva deles, e com muita raiva de mim, porque não consegui reagir. Marcelo, eu não reagi! Que droga! Eu sou horrível!

O mais difícil de tudo isso foi ter de consolar a Laura. Eu estava arrasado, me sentindo humilhado, mas tive de dar uma de forte:

– Deixe pra lá, Laura, esse pessoal é babaca, não vale a pena se atormentar por causa dessa gentinha.

E isso era só o começo. O tormento veio chegando, me tomando, até que se instalou em mim de uma vez.

Capítulo 3

Eu não disse nada, mas, naquele dia, alguma coisa se rompeu na minha relação com a Laura. Não sei, mas acho que esperava mais da minha namorada. Descobri que a fragilidade dela tinha um tiquinho de egoísmo, porque, afinal, ela me ofereceu uma migalha de consolo, enquanto eu tive de dar uma de forte.

Na verdade, eu estava em pedaços. Aquelas frases ficavam soando na minha cabeça: "O Marcelo é preto, Laura!", "um cara *de cor*". Muito mais do que as palavras, foi o tom dos comentários que me arrasou. Eu incomodava os outros só por ser negro!

Agora eu sentia na carne o que significava preconceito. Meu pai sempre falava disso, mas as palavras dele eram um pouco vazias para mim. Como a gente sempre teve tudo do bom e do melhor, eu achava que, se ele falava tanto disso, é porque os mais velhos sempre tendem a valorizar suas vitórias. Mas, nesse dia, me dei conta de algumas coisas. Eu estava aprendendo, estava mesmo!

A Laura ficou um pouco estranha, meio evasiva e distante. Então, comecei a pressionar:

– O que está acontecendo, Laura? Você tá estranha...

– Imagine, Marcelo. Impressão sua.

E me beijava, mas era só para não me olhar. De tanto eu insistir, ela acabou falando:

– Sabe o que é, Marcelo?... As meninas tinham razão sobre a minha família. Tá complicado lá em casa.

– Como assim?

– É que, naquele dia, eu quis tirar a prova, saber qual seria a reação dos meus pais quando soubessem do namoro. Como você sabe, Má, eles são de famílias tradicionais, mas até agora nunca tinham sido preconceituosos. Pelo menos, eu achava que não. Então, falei que queria levar alguém para conhecê-los. Disse que estava namorando. E aí começou um interrogatório: nome da família, blá-blá-blá...

– E daí?

– Quando eu disse que você era negro, eles encerraram a questão. Disseram que eu estava proibida de continuar esse namoro. E aparecer com você lá em casa, nem pensar!

– E você, o que acha disso? Você gosta de mim?

– Marcelo, eu adoro você, mas não vou conseguir encarar! Não vou conseguir, Má, eles são minha família...

– Sei, sei. Está acabado, então?

– Não, a gente pode continuar *ficando*. Mas escondido, porque eu tenho medo que a Rafaela conte pra mãe dela, que é muito amiga da minha.

– Olha, Laura, vamos fazer o seguinte: cada um na sua, tá? A última coisa que eu quero é namorar escondido. Se for tanto sacrifício pra você, a gente acaba agora!

Na verdade, eu estava blefando. Eu não queria acabar, queria que ela reagisse, que mostrasse coragem, que ficasse ao meu lado, afinal. Mas ela se mostrou muito aliviada:

– Ah, Má, você me entende? Eu continuo gostando de você, mas não posso... não consigo...

– Tudo bem, Laura, a gente se vê por aí.

Saí andando, com um pensamento martelando furiosamente a minha cabeça: "Tudo bem uma ova! Vá se danar, vá se danar, Laura!". Eu não queria dar o braço a torcer. Fingi que não tinha ligado e saí como o bacana da história, mas ficou doendo, doendo fundo...

Fiquei bastante deprimido, mas não conseguia desabafar de verdade. Ao Pedro e à Verinha, que eram meus melhores amigos, eu disse apenas que estava mal porque a Laura tinha terminado o namoro.

– Terminou por quê? Parecia que ela gostava tanto de você! – o Pedro não se conformava com a história.

– Acho que ela tá gostando de outro...

Para mim, era menos doloroso ser trocado por outro do que ter sido desprezado por ser negro. Preferi enrolar o Pedro.

Mas a Verinha eu não consegui enganar. Essa garota era mesmo sensível e percebeu que tinha algo de errado na minha história. Ela nunca convidava ninguém para conhecer a casa dela. Sempre fazia os trabalhos na escola ou ia até a casa dos colegas. O pessoal achava isso estranho, mas, como ela era muito legal, ficava apenas aquela dúvida no ar: "Por que será?..."

Bom, como eu insistia em não mudar minha versão dos fatos, e também porque estava tudo estampado na minha cara (parecia um cantor de tango com aquele ar de acabado), alguns dias depois do episódio fatídico, a Verinha me surpreendeu com um convite, que a princípio estranhei:

– Marcelo, você pode ir até a minha casa amanhã pra gente terminar o trabalho de Ciências? É que eu não vou poder ficar na escola por causa do Zé Paulo, meu irmão mais novo. Preciso tomar conta dele e não quero perder nota. Estou muito mal nessa matéria. Você poderia almoçar comigo. Que tal?

– Quanta honra, madame! Claro que vou. A gente faz um trabalho pra tirar dez e você esfrega na cara do Ivan, o terrível!

Ivan era o professor de Ciências. Ele já tinha dado um ultimato para a Verinha. Eu achei que o objetivo dela, ao me fazer aquele convite, era realmente contar com minha ajuda para tirar uma nota boa. Nem reparei que, na verdade, se tratava de uma "armadilha". No bom sentido, é claro, pois a garota é gente boa!

No dia seguinte, uma sexta-feira, a gente foi direto para a casa dela. Almoçamos, e eu nem me toquei, mas havia uma empregada ali. Ou seja, o Zé Paulo não ia ficar sozinho!

A Verinha deu um jeito de me levar até lá porque percebeu que a minha história não estava colando, e desconfiou que havia alguma coisa muito errada comigo. Ela estava preocupada de verdade. Além disso, tinha decidido desabafar e me contar um segredo que guardava havia muito tempo.

Um pouco antes de terminarmos o trabalho, ela começou a falar:

– Bom, Má, você já percebeu que eu não *tiiinha* de ficar em casa, né? A empregada está aí, você viu.

– É mesmo, nem tinha me tocado. O que a senhorita tá armando pra cima de mim, hein?! – brinquei com ela.

– É que eu sinto que você não está falando a verdade. Parece que está escondendo alguma coisa nessa história da Laura. Você anda tão tristinho, meu amigo. Pare de me enganar e conte logo o que rolou, tá?

– Que é isso, Verinha? Está me chamando de mentiroso, é? Pode parar com isso, garota. Não aconteceu nada.

– Você não me engana, seu enrolador! Conheço essa tática. É a mesma que *eu* uso pra disfarçar quando estou com problemas, viu?! Pode ir desembuchando logo!

E, como eu estava angustiado, acabei contando a história. Não escondi nenhum detalhe. A Verinha ficou chocada. Não imaginava que aquele pessoal fosse tão babaca, tão preconceituoso. Até a Laura, de quem ela gostava tanto.

Eu ainda quis dar uma de nobre:

– Olha, não vá mudar com a Laura por minha causa. Vocês sempre foram tão amigas!

– Você é bobo ou o quê? É óbvio que vou mudar com a Laura! E com todo mundo que tiver esse tipo de reação, com você ou quem quer que seja! Aliás, já mudei! Não suporto isso! Que gente ignorante e preconceituosa! E você? Por que é que não contou isso logo?

Quando disse que senti vergonha, ela quase me comeu vivo:

– Que papo é esse de vergonha? Você tinha de escancarar, denunciar na delegacia! Isso é crime, sabia? Racismo é *crime*!

Quem tinha de ter vergonha eram eles, criminosos, ignorantes... Ela falava, cheia de indignação. E eu fiquei com vergonha de ter fugido da raia. A Verinha era mesmo *sensacional*! Acho que aprendi muito naquela tarde. Como é bom ter uma amiga assim, cara! Mas também não deixei barato:

– Bem, gracinha, tá tudo muito bem, mas agora é a sua vez! Trate de abrir o jogo. Já me contaram que você anda por baixo e que não era assim relaxada e *viajante* no ano passado. Pode ir falando!

Ela bem que tentou me enrolar. Mas já estava disposta a me contar seu problema, ou nem me levaria até a sua casa. O motivo eu descobri logo, e foi um golpe muito duro. Depois do aperto que dei, a Verinha começou a falar:

– Sabe, Má, é meu pai. Ele é... ele é... pô, tá difícil!

– Vamos, Verinha! Respire fundo e fale!

– Ele é alcoólatra.

– Poxa...

Naquela hora, me senti um idiota. Eu não sabia o que dizer nem o que aquilo significava na vida da Verinha. Então, mesmo sem saber, fiz o melhor: não falei nada e escutei. Ela foi contando, meio aos trancos e barrancos, mas sem desistir. Seu pai costumava beber muito nos finais de semana e sempre tomava uma cervejinha ou um conhaque à noite. Mas trabalhava, tinha uma vida normal.

Então ele perdeu o emprego. Depois de quatorze anos na mesma empresa, o cara foi chutado, sem mais nem menos. "Estamos enxugando o quadro de pessoal" – era a justificativa. *Modernização, globalização* e *reengenharia*, disse a Verinha, passaram a ser as palavras mais odiadas naquela casa. E, aos quarenta e três anos, o pai dela não conseguia mais emprego em lugar nenhum. "Eles querem jovens com garra, não um burro velho feito eu", ele dizia, quase chorando. E daí começou a beber compulsivamente, todos os dias, a qualquer hora. Com motivo, sem motivo, enfim...

– E, agora, minha mãe é quem sustenta a casa. Sozinha! Para que a gente não deixe de estudar e para manter o nosso padrão de vida, ela chega a trabalhar quatorze, até dezesseis horas por dia! Ela é médica, você sabe, né? Faz plantão atrás de plantão e chega em casa arrebentada.

– E isso deve deixar seu pai pior ainda, né?

– Com certeza! E, meu, de uma hora pra outra, tô sem pai nem mãe! Tenho vergonha, Má – ela riu meio sem jeito. – Agora, sou eu que tô falando de vergonha, né? Dei a maior bronca em você e...

– Mas seu caso é diferente, Verinha. Eu entendo você. Seu pai tá procurando ajuda?

– É isso que me dá raiva, Má. Além de derrotado, ele é um acomodado! Tenho tanta bronca dele que nem consigo ficar perto.

– Agora sou eu que vou dar uma dura em você! Por acaso, sabia que o alcoolismo é uma doença? Pois é, minha irmã me contou, porque a mãe de um ex-namorado dela também é alcoólatra.

– Doença? Mas todo mundo fala que beber é sem-vergonhice...

– Todo mundo, quem? Só uma pessoa desinformada pode falar uma coisa dessas. O alcoolismo é uma doença muito grave, que afeta milhões de pessoas.

– Eu não sabia.

– Olha, eu vou perguntar direito pra minha irmã, mas parece que tem uma associação, no estilo dos Alcoólatras Anônimos, que é voltada para os familiares. O Tiago, o ex da Nanda, frequentava as reuniões e, às vezes, ela ia com ele. Talvez você possa procurar ajuda lá. O que acha?

– Ah, não sei. Tenho tanta vergonha!

– Mas quem vai a essas reuniões passa pelo mesmo problema que você. E todo mundo se ajuda. A experiência de cada um é compartilhada com os outros.

– Vamos ver. Você iria comigo?

– Claro, Verinha! Quando você quiser.

Foi aí que chegou o Jonas, o pai dela. Eram quatro horas da tarde e ele já estava totalmente bêbado. E começou a chamar lá de baixo, com uma voz pastosa, estranha:

– Vera, cadê você? Venha aqui, já!

– Tô estudando, pai!

– Ah, tá nada! Eu vou aí tomar sua lição!

– Eu tô com um amigo, pai, fazendo trabalho!

A voz dele ia ficando mais empastada, a língua parecia enrolada:

– Então vou ver se o trabalho tá bom.

Ele subiu as escadas e – cara, que coisa triste! – caiu no chão, depois de tropeçar no tapete. A Verinha foi ajudar, colocou o pai na cama e então voltou.

– Vamos trabalhar, Má, que eu tenho de ir bem em Ciências.

– Olha, eu...

Eu devia estar com uma baita cara de piedade, porque ela ficou furiosa:

– Escute aqui, Marcelo! Não me venha com essa cara de pena, não! Você quer ajudar? Então pegue as informações com sua irmã e me poupe desse olhar de "Ah, coitadinha", tá?!

– Você tem razão, Verinha, me desculpe!

Depois, ela me abraçou forte e quase chorou. Mas que durona! Não chegou a chorar, não. A partir daquele momento, eu senti que tinha mais uma irmã.

Capítulo 4

No final de semana eu acabei ficando em casa. Estava bem chateado e sem nenhuma vontade de sair ou encontrar pessoas. Aquela semana tinha sido difícil, e eu precisava parar para pensar.

Comecei a entender o que meu pai queria dizer quando falava que eu vivia num mundinho. Minha vida era tão *light*! Eu só pensava em sair com os amigos, namorar e jogar bola. E estudar, porque eu tinha muito orgulho de ser bom aluno.

Mas, até então, eu realmente nunca tinha tomado consciência da discriminação que sofria. E também me doía ver a tristeza da Verinha com seu pai sempre caindo pelas tabelas.

É, crescer tem dessas coisas. Ao mesmo tempo que sofria pra caramba, eu passava a ver o mundo com um olhar mais crítico. Hoje sei que perceber a realidade com maior consciência é o que faz a gente se tornar mais livre. Mas, naquele momento, eu não sabia disso. E ainda era só o começo. Eu nem imaginava o que estava por vir.

Antes de mudar para o Morumbi, eu costumava frequentar alguns *chats* na internet. Você sabe o que é um *chat*? É um ambiente virtual em que as pessoas se "encontram". Ali é possível conversar, em tempo real, com gente do mundo todo, mas sem usar a voz, só através de mensagens por escrito. Alguns *sites* oferecem esse serviço e permitem que a gente converse com quem estiver *plugado* ao mesmo tempo na rede. São as chamadas salas de bate-papo. É como estar em um clube ou lanchonete e conhecer pessoas. A diferença é que ninguém se vê, e cada um conta sobre si aquilo que bem entende. Ou o que bem inventa.

Ao entrar num *chat*, quase todo mundo usa um *nick*, ou seja, um apelido. O meu era Mark, e com ele eu conversava com um monte de gente diferente. A maioria da turma da internet era bem legal. Às vezes surgiam uns chatos, mas a gente tirava de letra. Ficava se divertindo à custa deles, ou saía rapidinho para uma outra sala, se estivesse rolando algum papo importante. Também podíamos conversar reservadamente com um parceiro de papo, usando um comando para que ninguém mais na sala pudesse ler certas mensagens:

– Xi, os caras já estão zoando. Vamos pra sala 25?

– É pra já!

Fazia muito tempo que eu não entrava num *chat*. Na confusão da mudança, alguma placa do meu computador deve ter se soltado, e ele parou de funcionar. Fiquei um tempão sem internet. Até meu pai conseguir chamar o técnico, e até o técnico poder vir à minha casa, se passou uma eternidade!

Finalmente o "bichinho" foi recuperado, e naquele final de semana resolvi "rever" meus amigos da internet. Entrei com meu apelido de sempre e, logo na primeira sala que espiei, encontrei Runner e Devil-C, uns *malas sem alça* que "gritam" com todo mundo e interrompem todas as conversas, só para aparecer.

Eu já os conhecia de outras salas: eles eram *muuuito* chatos! E vi que já havia encrenca com uma tal de Princesinha, que provavelmente tentava conversar com outra pessoa, enquanto os sujeitos ficavam *cortando o barato*, só para sacanear. Ela estava furiosa, e a sua reação dura e direta me chamou a atenção:

– OLHEM AQUI, DEVIL-C E RUNNER! SE PRA CHAMAR A ATENÇÃO VOCÊS TÊM DE SER TÃO IDIOTAS, É PORQUE SÃO MESMO UNS COITADOS! FRA-CAS-SA-DOS!!!

Ela escreveu assim mesmo. Tudo em letra maiúscula, o que, nas conversas pela internet, significa que você está gritando! Eu achei o máximo! Nunca tinha conversado com aquela garota, mas gravei o seu *nick*: Princesinha. Se encontrasse novamente com ela, eu faria questão de dizer que gostei da firmeza! Que interessante: um apelido tão doce e uma presença tão forte!

Mas, naquele dia, eu não estava muito a fim de encarar encrenca e muito menos gente chata. Então, procurei uma sala mais vazia e encontrei Gatamanhosa, Spice Girl e Bad Boy. O Bad Boy foi logo falando:

– E aí, Mark, azarando muitas gatinhas?

– Acabei de entrar, ainda não encontrei ninguém pra TC comigo!

TC é abreviação de *teclar*, que, na gíria da internet, equivale a uma conversa reservada, a dois, mais íntima. Se alguém chama você pra TC, quer dizer que vai ter paquera, e você topa se estiver a fim de um papo mais quente.

Ficamos conversando um tempão. Eu já conhecia todos eles e, como sempre, dei muita risada com as besteiradas que todos diziam.

Depois, cada um foi precisando sair. Eles estavam na sala fazia mais tempo que eu, que ainda não queria desligar, mas não estava empolgado para conhecer gente nova. Eu preferia o aconchego do conhecido, sabe como é?

Então, fui espiando as salas até achar o G@t@o sozinho na 17. O *nick* dele era assim mesmo, cheio de enfeites. Eu já o conhecia de outros papos, era um cara bem legal. Logo que entrei na sala, ele já puxou conversa:

– Quem é vivo sempre aparece, hein? Tudo beleza, Mark sumido?!

– Falaí, G@t@o! Sumi, mas tô de volta! Tava com uns problemas no PC.

– Poxa, mano, vai devagar, viu?

– Que é que rola, cara?

– Levei uma invertida, você nem imagina! Marquei encontro com uma garota com quem eu costumava ter um TC *caliente*. A gente combinou de se encontrar na lanchonete de um *shopping*. Ela me enganou, cara, foi horrível!

– Ah, mas você já devia saber, né, G@t@o? Na internet, todo mundo mente, todo mundo fantasia o que quer. Já vi um monte de histórias que acabaram mal. E você é esperto, não devia se espantar!

– Eu sei, cara. Eu tenho experiência, nunca dou meu telefone, endereço, nunca falo o nome da minha escola...

– Tá, tá... essas são regras básicas de segurança! Mas não é disso que eu tô falando. Só achei estranho você se chatear porque a menina mentiu. Você também deve ter mentido pra ela, deve ter se descrito como o clone do Brad Pitt...

– Mark, todo mundo conta uma mentirinha, e é esse o grande lance da *net*. Mas ela exagerou...

– Por quê? Ela era a reencarnação da Madame Min e se descreveu como a Sharon Stone??

– Muito pior! A sacana me escondeu que era neguinha, cara! Foi um choque...

Imediatamente eu bati a mão no botão e desliguei o micro. Acho que o sujeito ficou falando sozinho, sem saber o que tinha acontecido.

Meu coração acelerou, comecei a tremer, não sabia o que fazer. Até na internet! Até na internet! Meu refúgio virtual! Que nojo! É, eu era mesmo um garoto mimado. Eu devia ter enfrentado o cara, gritado bem alto com ele:

– EU TAMBÉM SOU NEGRO! EU SOU NEGRO, SEU IDIOTA PRECONCEITUOSO! EU SOU MELHOR DO QUE VOCÊ, PORQUE TÔ LIVRE DE PRECONCEITOS! SOU MUITO MAIS EU!!!

Mas, naquele momento, eu simplesmente fugi. Dei uma de avestruz, enfiei a cabeça num buraco e não encarei a realidade. E pensei na Verinha. Ela iria se envergonhar de mim, com certeza! *Eu* estava envergonhado. Profundamente envergonhado.

Enfiei minha cabeça no travesseiro e chorei, chorei, chorei. Soluçava tão alto que acho que a Nanda ouviu. Mas ela foi bacana e não tentou me surpreender. Chorei um tempão e depois acabei dormindo. Quando acordei, senti a mão da minha irmã afagando meu cabelo, com aquele carinho que só ela sabe me dar.

– Nanda?

– Shhh! Durma. Não precisa acordar, Cé.

– Já acordei, Nanda. Que horas são?

– Umas oito e meia.

– Nossa, já é noite? Dormi umas três horas direto!

– Você tá bem? Seu travesseiro ainda tá molhado, eu ouvi você chorar. O que aconteceu, maninho?

– Ah, Nanda, nem sei como contar. Tá tudo tão difícil!

– Se você quiser, posso tentar ajudar.

Aquela voz mansa e afetuosa me acalmou. Abracei minha irmã, mas, antes de começar a falar, caí de novo no choro. Ela ficou me abraçando e beijando minha cabeça, mas em silêncio, respeitando minha tristeza.

Quando consegui parar de chorar, criei coragem e contei para ela o que estava acontecendo. Contei dos colegas da escola, do G@t@o e da minha vergonha de ter sido sempre covarde, de não saber como reagir.

– Olha, Cé, já tava na hora de acontecer isso, de você abrir o olho pra vida. Você tá crescendo e vai começar a perceber que o mundo tem dessas crueldades.

– Mas qual é o problema de eu ser negro, Nanda? Por que isso incomoda tanto essas pessoas?

Então, a Nanda me falou sobre o preconceito. Explicou que algumas pessoas se sentem ameaçadas pelo que é diferente. Se têm problemas, acham mais fácil colocar a culpa em alguém que não é igual a elas.

Nesse momento, pensei em tudo o que os meus professores de História me ensinaram sobre a chegada dos negros ao Brasil, trazidos à força para fazer o trabalho que os brancos consideravam indigno, porque trabalho pesado, naquela época, era coisa para os seres "inferiores".

Seres "inferiores"! Só porque tinham a pele de outra cor e uma cultura diferente do europeu, eram considerados inferiores. Dá para acreditar?

Os negros eram vendidos como objetos na época em que o Brasil era colônia, e os fazendeiros escolhiam os escravos olhando os dentes e os músculos, do mesmo jeito que faziam para escolher os cavalos.

Aí a Nanda aproveitou e me falou sobre um monte de coisas. Ela estava se preparando para o vestibular de História e tinha conhecimentos que eu nem imaginava:

– Cé, na época da escravidão, os negros que vinham da África sobreviviam apenas sete anos aqui no Brasil, sabia?

– Só isso? Mas é muito pouco!

– É, mas eram tão maltratados que não resistiam. E depois, muito depois, quando foram libertados, continuaram quase como escravos, submetidos à exploração dos donos de terras, os ricos da época. Passavam por muitas dificuldades, pois não tinham condições mínimas de sobrevivência!

– É por isso que hoje há poucos negros ricos no Brasil, né, mana?

– Mais ou menos. Existem alguns em posição de destaque: empresários, intelectuais, profissionais liberais etc. e tal. Mas esses são exceção, venceram apesar do preconceito e da discriminação. Se compararmos esse número à população total de negros no Brasil, isso não é nada!

A Nanda era muito inteligente. Falava com tanta clareza que fui ficando impressionado. Na escola, eu já tinha aprendido um pouco sobre os escravos, quando tive História do Brasil. Mas, para falar a verdade, nunca tinha pensado no assunto com essa profundidade.

– E você pensa que o preconceito só acontece com os negros? Que nada! É uma verdadeira praga!!

Ela contou como os judeus foram perseguidos durante séculos e massacrados na Segunda Guerra Mundial, e como os homossexuais eram surrados e discriminados por terem uma orientação sexual diferente da maioria. E que esse absurdo acontece ainda hoje, em pleno século XXI! Falou também do preconceito contra os pobres em geral, contra as mulheres e até mesmo contra os deficientes físicos.

– Aqui em São Paulo, Cé, as pessoas têm preconceito até contra os nordestinos, justamente aqueles que pegaram no pesado e ajudaram a erguer essa cidade imensa.

– Nossa! Isso é um absurdo, Nanda!

– Realmente, Cé! É por isso que eu vou estudar História com mais profundidade, para entender melhor essas questões e saber como combater o preconceito!

– Você já passou por situações como as que eu vivi?

– Muitas vezes!

– E aí? Como você se sente?

– Eu me sinto cada vez mais *orgulhosa* de ser negra!!!

A Nanda me abraçou de novo e se despediu, porque o Marcos – seu novo namorado – logo viria buscá-la. Então fiquei pensando por muito tempo em tudo aquilo. Concluí que entender história tinha mesmo muito a ver. E percebi por que é que algumas coisas que aconteceram há tanto tempo ainda mexiam com a vida da gente. Achei tudo isso muito louco, sabe? Quanta coisa eu estava aprendendo!

Poxa! E a Nanda continuava a me surpreender! Era uma pessoa especial. Que força, cara! Na verdade, eu sentia até uma certa inveja, porque eu mesmo não conseguia ser como ela. Não ainda.

Capítulo 5

As semanas seguintes foram bem mais tranquilas. Eu ainda estava machucado por tudo o que tinha acontecido, mas, aos poucos, a vida ia entrando no seu eixo normal. Eu pensava muito, o tempo todo, e a tristeza já estava bem mais suportável.

Na escola, tudo ia muito bem. Eu tinha meus grandes amigos, cada vez mais próximos, e procurava evitar ao máximo aquele grupo da Laura, Rafaela, Rosana e cia. "Precaução e canja de galinha não fazem mal a ninguém". Não é assim o ditado? Pelo menos é o que meu pai sempre dizia.

Entrei para o time de futebol de salão do colégio e participei de um campeonato muito importante, promovido por uma rádio. Vinte e quatro escolas integravam a disputa, e algumas eram consideradas muito fortes nesse tipo de esporte.

Esse campeonato era tradicional, e meu colégio se saía muito bem no vôlei; ficava pelo menos entre os quatro primeiros. No handebol, já tinha sido campeão uma vez, mas, no basquete e no futebol, nunca tinha passado das quartas de final. Os outros colégios não temiam muito nossa equipe, não.

Aprendi muito nas duas semanas de competição, pode ter certeza! O clima era de disputa saudável, e nosso time estava dando o sangue nos jogos. Treinávamos todos os dias, e fiquei completamente envolvido. Era uma turma muito unida, que tinha garra e vontade de vencer. Esse espírito lutador foi me contaminando, e então passei a enfrentar os problemas com mais coragem.

E, com muita humildade – nosso treinador insistia nisso –, fomos surpreendendo a todos e a nós mesmos. O jogo em que vencemos o campeão do ano anterior foi superemocionante, disputadíssimo. Edu Bigodinho estava infernal e marcou 4 gols. Placar final: 7 x 6 para nós. Isso porque Fernando, o goleiro do nosso time, defendeu um pênalti no último minuto do jogo!

Os jogadores do outro time foram muito dignos, reconheceram a nossa vitória e nos cumprimentaram ao final da partida. Mas quase todos saíram da quadra chorando, deu até dó! O mais legal é que, com essa vitória, passamos para a semifinal. Comemoramos como se tivéssemos vencido o campeonato, porque pela primeira vez o colégio chegava entre os quatro primeiros colocados.

Na escola, o alvoroço foi total. As meninas tentavam levar mais gente para assistir aos jogos e faziam um corpo a corpo muito engraçado no intervalo das aulas.

– Teca, vamos ver o futebol dos meninos amanhã?

– Xi, Estela, não vai dar! Meus pais vão pro Guarujá, vou ter de ir com eles.

– Ah, não, senhora! Fique lá em casa! Vai ser muito emocionante, você não vai perder, né?

– Minha mãe não vai deixar, Estela!

– Eu peço pra minha mãe pedir pra sua mãe. Topa?

– Bem, não custa tentar, né?

Todo mundo se animou para valer! A torcida – que era fiel, mas minúscula – aumentou muito, e passamos a jogar com um barulhão a nosso favor. Para chegar à final, fizemos dois jogos contra o mesmo colégio. Era um sistema tipo melhor de três. Precisávamos ganhar pelo menos dois jogos, em três possíveis, para ter o direito de disputar o título com o vencedor da outra chave. Estávamos muito confiantes com a última vitória, então vencemos a primeira partida fácil, fácil. Foi um baile: 8 x 3 para nós.

No segundo jogo, estávamos tão certos da vitória que quase fomos derrotados. Perdíamos por 4 x 3, quando o Zeca, nosso treinador, pediu tempo e deu uma bela bronca em todo mundo. Disse que a gente estava arrogante na quadra. E que, se desrespeitássemos o adversário, não poderíamos nos considerar jogadores de futebol. Falou também que, se percebesse alguém jogando *de salto alto* – sem humildade, querendo enfeitar para humilhar –, ele iria tirar do time, sim, e para sempre! Enfim, botou a equipe em seu devido lugar. Foi uma experiência e tanto! Nós abaixamos a cabeça, ouvimos tudo com vergonha, mas também com muita compenetração.

O Zeca mexeu com os brios de todo mundo. Voltamos para o jogo com um. novo espírito e mais disposição – na verdade, parecíamos até outro time! – e acabamos virando o jogo. Final: 5 x 4. E o passaporte para as finais estava carimbado!

A escola toda foi assistir à primeira partida das finais. A equipe adversária era uma das mais tradicionais no torneio e jogava bem pra burro! A gente tinha aprendido a lição, sabia que podia ganhar, mas não podia ficar brincando. Não devia ter medo nem entrar naquele clima do "já venceu"...

Tudo isso é fácil falar, sabe? A gente vê a toda hora nos jornais, nas finais de campeonato: o discurso da tranquilidade e da humildade, do respeito e da garra. Mas *viver* isso é bem diferente! Eu, sinceramente, estava muito nervoso desde a véspera. Nem tinha dormido direito.

O Zeca percebeu isso na lata. Ele não me colocou em quadra logo de cara. Quis me dar um tempo, para eu primeiro sentir o clima do jogo, depois colocar os nervos no lugar e só então entrar. Acho que um grande treinador tem de ser assim, sensível. Precisa saber tirar o máximo proveito dos seus jogadores. Se ele não tivesse feito isso, talvez eu nem conseguisse jogar.

O outro time era mesmo muito bom e estava jogando melhor que a gente. Eu entrei só no segundo tempo, mas consegui jogar bem e fiz até um golzinho. Com muito esforço, e novamente com a estrela do Edu Bigodinho brilhando muito, conseguimos um empate sofrido, sofrido. Final: 5 x 5. Mais uma vez, quatro gols do Edu.

Nos outros jogos, nem gosto muito de pensar. A segunda partida foi até que equilibrada, mas acabamos perdendo por 7 x 4. Acho que a diferença do placar não foi justa pelo que fizemos, não mesmo! E o pior é que isso acabou com o nosso ânimo. O Zeca tentou mexer com a gente:

– Vamos lá, moçada! Ergam a cabeça e continuem lutando! Vocês já provaram que são vencedores, não vão deixar a peteca cair agora! Eu confio muito em vocês!

Ninguém tinha coragem de falar nada. Escutar já era bem difícil!

– O placar não foi justo! Vocês jogaram muito bem, mereciam um resultado diferente. Mas o futebol é assim, como a vida. Nem sempre o que acontece é o certo, o justo. Isso é motivo para desistir de viver?

Silêncio... doloroso silêncio. E o Zeca continuava:

– Nunca! A gente ergue a cabeça, enfrenta, batalha e dá a volta por cima! Vamos superar isso, gente! Vocês podem ganhar, vamos acreditar!!!

O Zeca se esforçou para levantar nosso moral, mostrar que tínhamos qualidade, técnica e, principalmente, espírito de luta, mas nada disso funcionou. Estávamos abatidos, desanimados, e metade da derrota já fazia parte de nós mesmos. O pior é que jogamos pessimamente, de forma irreconhecível! Lavada final: 8 x 2, difícil de suportar. Imagine, até o Fernando, goleiro revelação do campeonato, engoliu um frango ridículo. Não vou mentir: foi um vexame!!!

Toda a torcida aplaudiu de pé quando participamos da premiação, mas a equipe se sentia apenas vencida, nada mais. Saímos de lá muito tristes, com a medalha de prata meio que queimando o peito. Engraçado, antes tinha sido lindo tornar-se um dos quatro melhores, agora era terrível ser o vice-campeão. Quando percebemos a possibilidade de vencer, o segundo lugar passou a ser igual a nada. Vá entender!

Era sábado de manhã, e havíamos combinado que, independentemente do resultado, iríamos juntos festejar a tarde toda. Mas nenhum jogador quis sair, e fomos embora cabisbaixos, amargando a nossa vergonha. Foi um longo fim de semana para todos. Quanto a mim, confesso que fiquei com medo de enfrentar a segunda-feira!

Mas a vida nos reserva cada surpresa, não é mesmo? Quando cheguei ao colégio, em plena ressaca da segundona, encontrei uma baita festa armada. A escola inteira estava enfeitada para nos receber. Faixas e cartazes por toda parte:

Parabéns, atletas do futebol! A prata é nossa!!

Ou:

O Colégio San Paolo tem orgulho de vocês!

E ainda:

O futebol é a prata da casa! Parabéns!!

Enfim, cada um dos jogadores foi recebido com honras de herói! Por onde a gente passava, todos cumprimentavam, com orgulho de verdade!

– Valeu, cara! Vocês foram o máximo!!

– É isso aí, Marcelo! Vocês representaram a escola muito bem!

Eu jamais esperaria uma reação desse tipo, mas acabei aprendendo outra enorme lição. O colégio todo dava o maior valor para uma conquista, que, afinal, era inédita e brilhante, enquanto eu só conseguia ver a derrota final. E para chegar até ali? Não precisamos de muita garra, luta e superação? É... se a gente ficar cego pela derrota e não aprender a valorizar cada conquista, por menor que seja, vai ser sempre apenas um perdedor! E o mais incrível é que eu comecei a me sentir um campeão!!!

Depois de toda aquela agitação pelo vice-campeonato no futebol, eu estava mais enturmado do que nunca na escola. Comecei a sair com os colegas nos finais de semana: era cinema, lanchonete, festa... Sempre tinha alguma coisa boa para fazer. Aos poucos, fui me sentindo aceito, querido. Mesmo a internet, que eu tinha abandonado, criei coragem e voltei a acessar!

Até o Rodrigo – que sempre me esnobava – me convidou para a festa de aniversário dele, no sábado à noite. Eu nem estava com muita vontade de ir, mas o Pedro disse que ia ser uma festança, boa para dançar e, principalmente, para namorar, porque o cara sempre convidava um monte de garotas bonitas. E insistiu tanto que acabei indo. E entrando pelo cano!

Capítulo 6

No dia da festa do Rodrigo, passei a tarde conversando pela internet. Encontrei a Princesinha numa sala em que o papo estava muito animado. O bom da história é que, assim que entrei no *chat*, ela já me chamou:

— Você tá a fim de TC comigo?

Eu fiquei surpreso, porque, na maioria das vezes, as garotas é que ficam esperando o convite para TC. Não sei, mas, mesmo hoje em dia, ainda é comum essa ideia ultrapassada de que a iniciativa tem de partir dos garotos, sabe como é? A Nanda me disse que isso é cultural, tem a ver com a noção que a maioria das pessoas tem sobre os papéis que homens e mulheres devem cumprir na sociedade. E, confesso, me senti um pouquinho intimidado. Mas bem que gostei. Eu já disse que admiro mulheres fortes?

— Claro, Princesinha. Faz tempo que venho observando você a distância...

Eu sou tímido, mas não sou bobo, né? Estava mesmo interessado na garota! Já tinha acompanhado outras conversas dela na rede, e cada vez gostava mais daquela impetuosidade.

– É mesmo? Então, quer dizer que anda me espionando, hein?!

– De leve... Acho você muito interessante! – ataquei logo de cara.

E assim começou nossa primeira conversa. Não me esqueci de comentar que gostava das suas intervenções e que tinha achado simplesmente *o máximo* as broncas que ela dava em chatos como Runner e Devil-C.

A Princesinha e eu nos entendemos muito bem e conversamos mais de uma hora. Sentia-me muito à vontade, apesar de ainda estar com um pé atrás, com um pouco de medo de ser ofendido por tabela. Então, o covardão aqui omitiu o fato de ser negro. Gato escaldado... fica sempre mais bobo!

Quando nos despedimos, já deixamos um outro "encontro" marcado no *chat*. Fiquei superanimado, achando que aquela história ainda ia dar samba, ou melhor, *rock*, porque não sou muito fã de samba, não!

Quando saí da internet, estava quase na hora de ir para a festa. Resolvi caprichar na produção: roupa nova, perfume etc. e tal. Minha mãe deu uma ajuda, porque, além de muito bonita, ela tem um super bom gosto para se vestir. Eu fiquei contente com o resultado final e com a participação dela na minha vida.

Não me acho muito bonito, mas o toque da minha mãe deu certo, e eu fiquei como queria: me senti, digamos assim, charmoso. Afinal, o Pedro havia falado das garotas bonitas, e, desde o fim do namoro com a Laura, eu não tinha ficado com mais ninguém.

Na hora marcada, o Pedro veio me pegar. Ele sempre dava carona para muitos amigos, porque era um dos poucos que tinha carro com motorista à disposição, mesmo nos finais de semana. Depois, fomos pegar o Edu Bigodinho, o Tôni e o Jorjão, um cara legal do primeiro ano que às vezes saía com a gente.

A festa já rolava animada quando chegamos. O Pedro não tinha exagerado: estava *assim* de garotas bonitas, era de encher os olhos! E o som estava ótimo, todo mundo dançando! O Rodrigo tinha contratado um DJ famoso, que fazia o som de uma casa noturna muito badalada. Fiquei feliz por ter decidido ir. Eu ia me morder de raiva se tivesse perdido um embalo daqueles. Mas minha alegria durou bem pouco.

Bom... chegamos e já fomos para a pista dançar. É, tinha pista de dança! Com iluminação, efeitos especiais e até gelo seco – o que eu achei meio brega, mas, enfim...

– Marcelo, olha só aquela loirinha no fundo... Acho que ela tá olhando pra mim, cara!

– Ô, Pedro, tá olhando mesmo, e desde que a gente chegou! Tá esperando o quê? Vá até lá, rapaz!

– Ueeeba! Tô indo.

O Edu já estava todo enrolado, para variar. Ele não tinha jeito, mesmo! Tinha ficado com uma garota, pediu licença para ir ao banheiro e, no caminho, já ficou com outra! Aí passou o resto da festa *toureando* as duas, uma confusão só! Se a Verinha estivesse lá, com certeza ia brigar com ele de novo.

– Marcelo, se a Pri perguntar por mim, diga que fui lá pros lados da piscina, tá?

– Xi, Edu, não me ponha no seu rolo, não! Eu vou dizer que nem vi você, tá?

– Pô, cara! Dê uma força pro seu amigo aqui...

– Tá, tá! Suma daqui!

Eu andava em alta com as garotas por causa do time de futebol, e fui bastante paquerado. Essa era uma experiência nova para mim. E eu aproveitei ao máximo! Fiquei com uma gata linda de morrer, a Gaby! Trocamos uns beijos irados, e eu fiquei todo aceso! Falei para ela me esperar um pouco, porque ia pegar um *refri* para nós. Se eu soubesse o que ia acontecer, talvez preferisse morrer de sede!

O Pedro também estava indo buscar uma bebida. Acho que a garota com quem ele ficou já tinha ido embora. Assim que encostou na mesa, ele foi abordado pela mãe do Rodrigo. Eu ouvi dizer que ela gostava muito do Pedro e, por ele ser de família importante, vivia cercando o garoto, adulando-o, forçando uma intimidade que não existia. Ele achava isso um saco, mas era sempre gentil, educado.

Eu não peguei o começo da conversa, ainda estava um pouco longe, mas, quando me aproximei o suficiente, as palavras que ouvi quase me nocautearam:

– ... não sabia que vocês tinham esse costume – ela falava para ele.

– Que costume, dona Neusa?

– De se misturar com os empregados, ué!

– Não estou entendendo – o Pedro parecia mesmo perplexo.

– Foi você que trouxe aquele menino *de cor*, não foi?

– Claro! É o Marcelo, meu amigo lá da escola – ele já estava alterando o tom de voz, muito irritado. – Por quê?

– Ah, é seu amigo? Eu pensei que fosse filho da empregada...

– Filho da empregada por quê? Só porque ele é negro? Por acaso, a senhora nunca viu empregada branca? E, mesmo que fosse filho da empregada, qual o problema? Empregados são gente como nós! Ou não? Olha aqui, dona Neusa, o Marcelo é o meu melhor amigo, e eu gostaria muito que ele pudesse ser tratado com respeito em todos os lugares – seu rosto ficou vermelho, e o tom de voz foi subindo. O Pedro estava quase gritando. – Mas, infelizmente, há pessoas muito preconceituosas neste mundo, assim como a senhora! Isso é uma pena, porque vou ter de começar a escolher melhor as casas que frequento! Com licença!

– Pedro, o que é isso, meu filho? – ela estava meio chocada, não esperava essa reação.

– Estou muito decepcionado com a senhora, dona Neusa! Nunca pensei que fosse tão hipócrita! O que o retrato de Jesus Cristo está fazendo na sua parede? Vocês são religiosos? Não parece! Agora entendo por que o Rodrigo é tão arrogante! Com licença, eu já estou de saída!!

O Pedro falava alto, parecia estar nervoso pra caramba. Agarrou o meu braço e foi me puxando, enquanto continuava a falar, indignado:

– Marcelo, vamos embora deste lugar! Se eu soubesse que essa gente era tão ignorante, nunca teria colocado meus pés aqui!

– *Vambora*, Pedro! – eu disse. E, voltando-me para a mãe do Rodrigo: – Desculpe, dona Neusa, ele está muito nervoso.

Pegamos nossos casacos e saímos quase correndo daquela casa. Nem tive tempo de me despedir da Gaby, mas percebi que a gritaria tinha chamado a atenção. Um monte de gente estava olhando para a dona Neusa, alguns até pararam de dançar. Com a crueza da sua sinceridade, o Pedro conseguiu criar um clima bastante constrangedor! Bem feito para a mãe do Rodrigo!!

Eu estava meio zonzo com tudo aquilo, e a primeira coisa que pensei foi: "Ah, de novo, não!" Mas, apesar do mal-estar, experimentei uma sensação nova e muito boa: a de ser defendido por um amigo. Pela primeira vez, não tive de engolir nenhum comentário desagradável a respeito da minha cor, o que geralmente ficava queimando no meu estômago. O Pedro *vomitou* tudo em cima da dona Neusa, não deixou barato. E saímos dali de cabeça erguida.

Acabamos esquecendo os outros amigos na festa, nem sei como eles se arranjaram para ir embora depois. O Pedro viu que eu estava com uma cara muito triste e foi abraçado comigo até a porta do carro.

– Marcelo, vamos pro Archie's?

– Não sei, Pedro, acho que eu queria ir pra casa...

– Ah, não! Vamos pra lá, cara! A gente toma um lanche e conversa um pouco. Não vou deixar você sozinho agora nem que a vaca tussa, sacou? Depois eu peço pro Chico levar você em casa, não tem problema. Vamos?

– Tá, vamos, sim. Acho que eu tô mesmo precisando conversar.

E a gente foi para a lanchonete. No caminho, fiquei pensando que eu era um cara de sorte, afinal. Podia contar com o apoio de amigos tão especiais quanto a Verinha e o Pedro, além do carinho da Nanda. Então, pensei comigo: "Daqui em diante, nada de baixar a cabeça. Nunca mais!"

Capítulo 7

No caminho até o Archie's, o Pedro foi se acalmando, mas ainda estava inconformado. A história tinha mexido *mesmo* com ele.

– Pô, Marcelo, por isso que o Rodrigo é tão tonto! Com uma mãe assim...

– Pedro, você sabe que esse tipo de preconceito é muito comum, né? E tá tão enraizado nas pessoas que elas nem se tocam da crueldade que fazem.

– Infelizmente... e fazem os outros sofrer por pura intolerância!

Chegamos na lanchonete, fizemos nosso pedido e sentamos. Eu fiquei em silêncio, meio aborrecido. Quando me dei conta, meu sanduíche já tinha até esfriado.

– Como você tá, cara? Isso deve doer pra caramba!

O Pedro parecia bem preocupado comigo.

– Dói mesmo. E o pior é que, se você não tivesse lá, acho que ia procurar um buraco pra me enfiar e querer sumir. Isso me pega de um jeito... Fico bobo, não consigo reagir!

Então eu contei tudo para ele. Falei dos episódios recentes, que tinham mexido tanto comigo. O Pedro comentou que já tinha notado o quanto algumas pessoas da nossa turma eram preconceituosas e grosseiras.

– Você já viu como eles tratam o Geraldinho? Só porque ele é pobre! Um absurdo! Eu morro de raiva!

O Geraldinho era o único da classe que não tinha grana nenhuma, porque seu pai tinha perdido tudo no mercado financeiro. Mas ele conseguiu uma bolsa de estudos, porque era simplesmente um dos três melhores alunos de toda a escola! E aqueles tipos, que se achavam os tais por serem muito ricos, viviam maltratando o garoto. O Pedro sempre dizia que, na verdade, eles morriam de inveja do cara, e precisavam humilhá-lo só para se sentirem superiores.

– Eu acho qualquer preconceito uma pobreza de espírito. É pura incapacidade de conviver com as diferenças!

O Pedro era sempre tão lúcido! Eu admirava cada vez mais o meu amigo.

– A Nanda me falou que, por causa dessa intolerância, muita gente já foi perseguida, torturada e até morta. Dá pra acreditar?

– Não dá mesmo! É uma coisa tão antiga! E tem gente do tipo da Rafaela que ainda se acha moderninha... Mas, sinceramente, pensei que a Laura fosse diferente, Marcelo.

– Eu acho que é mesmo, Pedro, mas ela é muito frágil, muito influenciável, sabe? Talvez depois ela amadureça.

– Quer dizer que não tinha outro cara na parada? Bem que eu achei esquisita aquela história de a Laura trocar você assim... E o *senhor* tava me escondendo uma coisa dessas, *seu* Marcelo?!

– Acho que sou é um covarde. Agora tô começando a me sentir mais forte, Pedro, mas tava tudo tão difícil!

– Imagino...

Então foi ele quem ficou em silêncio, e com um ar meio triste, perdido. Percebi que alguma coisa não andava bem com o meu amigo. Parece esquisito, mas o Pedro era, ao mesmo tempo, muito extrovertido e muito fechado. Falava o que pensava, sem meias palavras. Brincava com todo mundo e era bem popular. Mas, dos seus problemas, deixava transparecer muito pouco. Quase nada, na verdade.

Aproveitei aquele momento de cumplicidade para dar uma sondada. Afinal, ele tinha brigado com a dona Neusa para me defender. Acabou saindo mais cedo de uma festa legal, tudo por ser um sujeito de princípios e ter um bom coração. O mínimo que eu podia fazer era não deixar o cara sozinho naquela tristeza.

– Pedro, o que é que você tem? Não adianta vir falando que não é nada, porque esse filme eu já vi, tá?

Ele deu uma risada, mas ainda assim tentou mudar de assunto:

– Nossa! Que gata, aquela que está entrando! Olha lá!

O Pedro não perdia uma! Eu brincava, dizendo que ele tinha um radar capaz de detectar garotas bonitas num raio de dez quilômetros. Mas, naquela hora, foi forçado.

– Pedro, pode parar de me fazer de besta! Se você não quer falar, pelo menos não fique tirando uma com a minha cara, tá?

Eu tinha ficado meio bravo com aquela disfarçada boba, e ele percebeu. Disse para eu não ficar chateado com a tentativa desastrada de mudar de assunto, porque ele não estava mesmo bem, e tinha muita dificuldade para lidar com isso.

– Não é nada com você, Marcelo. Desculpe.

– Tudo bem, cara. Mas tente desabafar. Quem sabe eu não posso ajudar, hein?

Então ele criou coragem e começou a falar. E contou que estava mal porque seus pais estavam se separando.

– Minha mãe flagrou meu pai com uma amante, Marcelo. O clima lá em casa tá péssimo! Ela botou o velho pra fora, não quer vê-lo nem pintado.

– E seu pai, tá morando onde?

– Ele tá num hotel, acho que é um tipo de *flat*. Diz que se arrependeu, mas minha mãe não aceita as desculpas. Eu não sabia, mas parece que não é a primeira vez.

– Eles se davam bem?

– Ah, eles viviam brigando, mas sempre por bobeira, sabe? Eu acho que eles se amam. Quer dizer, eu acho que eles deviam se amar. Ah, sei lá! Mas não quero ficar longe de nenhum dos dois, Marcelo! Tá sendo horrível não ver meu pai todo dia, sinto tanto a falta dele... Ele é muito amigo, sempre me dá conselhos...

– Mas não vai ter jeito mesmo? Talvez a sua mãe mude de ideia quando a raiva passar.

– Acho que dessa vez é definitivo. Já faz uns três meses que meu pai saiu de casa, e minha mãe continua irredutível.

Então o Pedro foi abrindo o coração, falando tudo o que sentia. Meu amigo estava sofrendo, e muito.

Depois de muito conversar, resolvemos ir embora. Estávamos meio de ressaca, mas não de bebida. Era ressaca do nervoso que a gente tinha passado, sabe como é? Por outro lado, eu me senti aliviado. Foi muito bom poder desabafar. Eu pensava exatamente nisso, quando o Pedro comentou:

– Sabe, Marcelo? Foi a primeira vez que eu falei dos meus problemas pra alguém. Não vou dizer que foi fácil, mas estou me sentindo...

– ... aliviado? Eu tava pensando nisso agora mesmo.

– Pois é. Parece que eu tirei um peso enorme das minhas costas. Sabe, não imaginava que dividir os problemas com um amigo pudesse ajudar tanto!

– Valeu, cara!

– Valeu mesmo!

Entramos no carro, e o Pedro pediu para o Chico me deixar em casa. No caminho, fomos lembrando da cara de tacho da dona Neusa na hora da discussão. Rimos sem parar. Depois, comentamos sobre as garotas com quem tínhamos ficado na festa:

– A Gaby é uma gata, beija *muito* bem, mas tem uma cabecinha oca, oca...

– Ah, então eu me dei melhor, cara, porque aquela loirinha era muito legal. Fiquei bem ligado nela, sabe?

– Eba... Vai dar namoro aí, não vai? Já tô vendo a sua cara de bobo apaixonado.

– Sei lá, peguei o telefone dela. Bia... Ah, Bia...

– Xi, já vi tudo! Já tá fisgado! E ela? Tá na sua?

– Sei lá, vamos ver no que vai dar. Vou ligar amanhã mesmo. Se não fosse tão tarde, ligava agora!

Então criei coragem e falei da Princesinha, a menina da internet. Falei das conversas que eu tinha observado no *chat* e como estava impressionado com a firmeza da garota. Contei também que a gente tinha conversado um tempão e que eu já estava ansioso para falar de novo com ela. Aí o Pedro começou a rir da minha cara:

– Não vá entrar em gelada, hein? A garota pode ser a maior baranga! E aí?

– É, se ela for feia, a coisa fica meio complicada. Mas... sabe de uma coisa? Ela é tão bacana, cara! A gente conversou por mais de uma hora, e o assunto não acabava. E ela é inteligente. Gosto disso, gosto mesmo! Se eu te contar uma coisa, você promete que não vai rir?

Já disfarçando a risada, ele respondeu:

– Claro.

– Ah, nem vou contar. Você é um besta, vai ficar me gozando – falei, com voz de garoto mimado.

– Pode falar, cara! Deixe de frescura, poxa!

– É que... eu nem sei o verdadeiro nome dela, nem sei que cara ela tem, mas... acho que já estou...

– Apaixonado? Não acredito! Não acredito, cara!

Eu me arrependi amargamente de ter falado, porque o Pedro ficou me gozando até chegarmos na minha casa. Eu fiquei meio bravo, mas acabei rindo também. Na verdade, ele tinha razão. Aquilo era mesmo engraçado. Na hora em que desci do carro, ainda ouvi algumas provocações:

– Mande um beijo pra Miss... Tério... rá, rá, rá!!! Tome cuidado, hein?!

– Ah, vá encher a sua avó, falou?

Subi para o meu quarto e ainda fiquei um tempão acordado na cama. Pensei em tudo o que tinha acontecido naquela noite: a festa, os beijos da Gaby, a briga do Pedro e as conversas que tivemos. Fiquei imaginando como eu me sentiria se meus pais se separassem. É, a situação do meu amigo era bem difícil mesmo. Ficar dividido entre os pais devia ser complicado!

Mas, apesar de tudo, eu me sentia mais leve e mais forte. E logo pensei na Princesinha. Domingo à tarde – ou seja, em poucas horas –, a gente iria conversar de novo pela internet. Ah, eu estava ansioso para chegar a hora! Fiquei lembrando de cada palavra que ela tinha me falado.

Eu estava me sentindo meio bobo. Tinha ficado com a Gaby, que era uma gata, mas estava mesmo interessado numa pessoa desconhecida! Logo eu, que sempre dei tanta importância para aparência! Eu bem que tentava imaginá-la: a cor dos olhos, o formato da boca, o comprimento dos cabelos... E se ela fosse muito feia, como disse o Pedro? Para ser franco, eu não liguei muito, porque *sentia* que ela era bonita. Dá para entender?

Fiquei *viajando* um tempão. Eu não conseguia dormir, e o tempo não passava. Parecia que a segunda-feira ia chegar, mas o domingo, não. Será que ela tinha pensado em mim? Como será que ela me imaginava? De repente, entrei em pânico: ela não sabia que eu era negro! E se ela também fosse racista? E se ela também me desprezasse?

Senti um frio na barriga. Queria parar de pensar, porque, no fundo, eu não acreditava nisso, mas a ideia ficou me incomodando tanto que só fui pegar no sono depois das duas da manhã.

E, finalmente, o domingo chegou!

Capítulo 8

Até que acordei cedo, nove horas da manhã. Eu me sentia cansado, mas também muito eufórico. Tomei café só com meu pai e minha mãe, porque a Nanda ainda estava dormindo.

– Como foi a festa, filho? – minha mãe estava curiosa para saber se sua "obra de arte" tinha feito sucesso.

– Foi boa, mãe. Tinha bastante gente, o som estava ótimo, tinha até iluminação e fumaça de gelo seco na pista de dança. Tava bem animada!

– Uau! Então foi um evento, hein? – ela brincou.

– E as garotas, ficaram de olho em você?

– Bem, pai, não quero ser convencido nem nada, mas digamos que algumas ficaram assim, como direi, *muito* interessadas, tá? – eu dizia em tom de gozação.

– Quer dizer que nossa produção funcionou? – minha mãe estava curtindo, o que achei muito legal.

– Sucesso total, dona Júlia! Agora você é minha assessora especial para assuntos de imagem e *marketing* pessoal, pode ser?

– Com o maior prazer!

Ela ficou sorrindo, satisfeita. Minha mãe era um enigma para mim, pode ter certeza!

– Mas também teve confusão na festa. Acabei saindo mais cedo.

– Ué... o que aconteceu?

Meu pai ficou sério, espiando por trás do jornal. Fiquei em dúvida se contava exatamente o que tinha acontecido. Talvez fosse bom ser sincero com eles. Eu andava gostando da experiência de falar de mim, e esta também era uma boa oportunidade para me aproximar dos dois e saber o que eles pensavam.

– Ah, o Pedro discutiu com a mãe do Rodrigo. Foi embora da festa e me levou com ele.

Eu queria falar, mas era difícil. Sempre tão difícil... Por que será que existia uma barreira tão grande entre nós? Eu não me sentia à vontade.

– Mas discutiu por quê? O Pedro é sempre tão educado... – meu pai estava espantado.

O momento era aquele, e então eu pensei: "Aproveite a chance, Marcelo. É pegar ou largar!"

– Parece que ela ofendeu um amigo dele. Eu não estava por perto, e o Pedro não entrou em detalhes comigo.

Acabei desistindo de contar. Droga, mais uma oportunidade perdida! Será que isso acontece com todo mundo? Apesar da presença dos meus pais, me vi isolado naquele momento. Se não fosse a Nanda, eu me sentiria completamente sozinho na minha casa. E o pior é que não eram eles que me impediam. Eu simplesmente não conseguia me abrir. Mudei o rumo da conversa rapidamente:

– Fiquei sabendo que os pais do Pedro estão se separando. Ele tá arrasado!

– Ah, que chato! Imagino que não deva ser fácil pra ele. As pessoas se separam tão facilmente hoje em dia...

Meu pai conhecia o Pedro e gostava dele, achava-o inteligente e também muito decidido. Essas são qualidades que o meu pai realmente admira em uma pessoa, além do bom caráter, é claro.

– É, Jorge, nós somos uma raridade. Já vamos completar dezoito anos de casados! Não é pra qualquer um...

E logo entraram em uma conversa que não me interessava. Fiquei me sentindo excluído. *Fulano tinha separado da esposa, mas nos tempos modernos era preciso conviver com arte, as pessoas eram intolerantes em seus relacionamentos, e blá-blá-blá.*

Percebi que eles sempre se voltavam para os seus próprios assuntos, e achei que aquele abismo que havia entre nós não era só por culpa minha. Não que faltasse amor. Isso havia, e muito. O problema era uma enorme falta de intimidade. Por isso deixei os dois naquele papo de domingo e fui para o meu quarto.

Era um dia atípico de outubro: frio, chuva e muita ventania. Pensei que a natureza estivesse se revoltando contra nós, seres humanos, e com toda a razão. Olhei no relógio e – nossa! – ainda faltavam mais de três horas para o "encontro" com minha Princesinha!

Para passar o tempo, resolvi mexer no computador. Eu tinha comprado um jogo novo e me meti a decifrá-lo. Enquanto isso, a ansiedade me roía, no melhor estilo "acalma-me ou te devoro", sabe como é?

Até que enfim chegou o momento tão esperado! Nós tínhamos ido almoçar fora e – graças a Deus! – voltamos cedo do restaurante:

eram quinze para as duas. A Nanda não foi conosco, porque tinha voltado de uma festa às quatro da manhã e deixou bilhetes por todo lado, avisando para ninguém acordá-la. Mas, quando chegamos, ela já estava de pé, e ao telefone, para meu desespero.

Subi para o meu quarto, liguei o computador e deixei tudo pronto para me conectar à internet. Faltavam cinco para as duas, e a Nanda continuava falando. Minha irmã costumava ficar horas pendurada no telefone! Eu também, só que na internet. Uma briga eterna! Àquela altura do campeonato, meu pai já havia pedido mais duas linhas de telefone e internet a cabo, mas ainda não tinham sido instaladas.

Lembrei que a Nanda estava de namorado novo e imaginei que ficaria, pelo menos, umas cinco horas falando com ele no telefone. Eu tinha um encontro marcado, poxa! Ela bem que podia ligar depois!

– Nanda, preciso usar o telefone! – gritei lá do meu quarto.

– Já vai, Marcelo, já vai!

E continuou na linha, como se nada estivesse acontecendo. Minha irmã era muito legal, mas estava sendo bem egoísta naquele momento. Entrei no quarto dela supernervoso e comecei a gritar:

– Nanda, desligue aí, pô! Preciso usar o telefone.

– Daqui a pouco. Eu já vou terminar.

– Nanda, preciso usar o telefone *a-go-ra*!

Ela cobriu o bocal do telefone e respondeu ironicamente, me imitando:

– *A-go-ra*, quem está usando sou *eu*! Será que você pode me dar licença?!

Saí do quarto e fui chamar meu pai. Nessas horas, eu ficava parecendo um garoto mimado, só faltava o beicinho:

– Paiêêê! A Nanda não me respeita! Ela não desliga nunca, e eu tenho que usar o telefone agora! Marquei hora, pai! Dê um jeito na sua filha!

E, nessas mesmas horas, meu pai costumava ser bem legal. Ele não gostava de discussão, mas também não se intrometia, não tomava partido. Eu ficava morrendo de raiva, porque queria que ele resolvesse a parada de uma vez, desse uma bronca, sabe como é? Mas, em geral, ele administrava bem o conflito:

– Filho, converse com a sua irmã e explique a sua necessidade. Mas sem gritar, exigir ou ser mal-educado, ouviu? Se a sua urgência for realmente maior que a dela, certamente a Fernanda vai desligar o telefone. Agora, pare de gritar, tá? Quero descansar um pouco, por favor!

Eu precisava me controlar, conversar com paciência, mas estava muito nervoso. Já tinha percebido que não ia conseguir nada na marra. Contei até dez, contei até mil... e nada! Então, fui até o quarto da Nanda e bati na porta.

– Entre.

– Nanda, por favor... Eu marquei uma conversa com uma garota na internet às duas horas. Já são quase duas e meia. É muito importante! – meu tom já era de súplica. – E eu não tenho outro jeito de encontrar com ela. Você não pode conversar mais tarde?

– Tá, Cé. Vou desligar agora, tá bem?

E cumpriu rapidinho o prometido! Só precisei de um pouco de educação, e ela se sensibilizou com meu problema. Certamente eu teria perdido muito menos tempo se agisse assim logo de cara!

Também, poxa!... Eu estava muito nervoso por causa do encontro com a Princesinha! Isso ninguém levava em conta, né? Mas como poderiam saber, se eu não havia comentado nada com ninguém?

Comecei a conexão. O *modem* fazia aquele barulho superirritante: tãtintãtãtã, zuiimmm, zinhaam, schiiiiiiiim. Para mim, parecia música. Uma sonata de Beethoven, uma cantiga de ninar, sei lá...

Enquanto o computador se conectava, coisa de vinte ou trinta segundos, uma infinidade de ideias ruins passou pela minha cabeça: e se ela nem se lembrasse do encontro? Pô, cano virtual ia ser duro de engolir! E se ela tivesse me procurado e desistido, achando que *eu* tinha dado o cano? E se ela entrasse com outro *nick* e nunca mais me procurasse? Nossa, achei que estava ficando doido. Que medo era aquele, afinal?

Enfim, entrei no *chat* e fiz uma busca para saber se ela estava em alguma sala. Recebi o aviso de que ali não havia ninguém com aquele *nick*. Pronto! Minhas piores expectativas começavam a se confirmar. Droga! Entrei numa sala e achei todo mundo chato. Fui para outra, e outra, e outra... Finalmente, parei na sala 17 e fiquei só olhando para a tela, de coração apertado, sem vontade de ficar nem sair. Então surgiu aquele aviso maravilhoso: *Princesinha entrou na sala...*

Suspirei fundo, estava aliviado. E ela já foi logo me mandando um torpedo:

– Ô, furão! Já são quase vinte pras três. Isso são horas?!
Era ela, era ela! Ueeeba!!
– Eu estava procurando você.
– Ah, eu estava aqui desde as dez pras duas, mas, como você não entrou, dei uma saidinha às duas e meia, fui ao banheiro e voltei agora. Pensei que você tivesse desistido de mim.
– Imagine se eu faria isso! Eu estava louco pra que a gente se encontrasse, garota! É que a minha irmã se pendurou no telefone com o namorado e não desligava mais.

Então pensei: se ela também tinha medo de não me encontrar, é porque devia estar tão interessada quanto eu. Meu coração disparou. Fiquei numa alegria que não acabava mais! Bem, vou resumir nossa conversa, porque ficamos *apenas* três horas conversando. Isso mesmo: *três horas*! Que tal, hein?

Fiquei sabendo que ela se chamava Rita, tinha 15 anos, era filha única e estava no primeiro ano. Gostava de sorvete de flocos com calda de chocolate, era torcedora do São Paulo...

– Eu sabia que você não podia ser perfeita – brinquei.

– Como assim?

– Todo mundo tem seus defeitos, né? Ainda bem que o seu é esse, torcer pro São Paulo... Podia ser pior.

– Não me diga que você é corintiano!

– Não, não sou mesmo! Muito longe disso, tá? Sou verde até debaixo d'água! – falei, referindo-me à cor do uniforme do meu time.

– Xiii... Você é palmeirense? Que tristeza!

E a conversa se desenrolou assim: leve, gostosa, solta. Eu também falei de mim. E, então, saboreando aquela "sopa de letrinhas", nos conhecemos melhor!

Ela tinha cabelos castanhos claros, olhos cor de mel, não era muito alta e era do signo de escorpião. Jogava vôlei, gostava de ler e de dançar, ouvia quase todo tipo de música e viajava muito. Fazia inglês, terapia...

– Terapia? Por quê?

Eu já fiquei preocupado. Como a gente é preconceituoso e nem percebe, né? Na minha cabeça, quem fazia terapia era doido, ou então tinha um problema bem cabeludo, do tipo "tentou se matar"... Isso era o que a maioria das pessoas pensava, mas ela foi me explicando como a coisa funcionava, e então percebi que eu estava muito enganado.

Fazia quatro anos que ela tinha começado a terapia, quando seus pais se separaram. Eles ficaram preocupados, com medo de deixá-la traumatizada. A Rita disse que tirou de letra, e que o tratamento servia para muito mais do que resolver um problema específico. As sessões ajudavam-na a se conhecer melhor e a lidar com os problemas.

– Sabe, não existe nenhuma mágica pra eliminar os nossos problemas de uma hora pra outra. Aprender a enfrentá-los nos torna mais livres. Eu sou livre pra pensar e pra agir. E liberdade é uma coisa muito séria!

Eu estava cada vez mais envolvido. Nunca, na vida, tinha tido uma conversa tão gostosa como aquela. E pensar que eu nem a conhecia pessoalmente...

Lembrei-me daquele filme *Nunca te vi, sempre te amei*, que tinha assistido em vídeo alguns meses antes. Na época, eu achava que era impossível haver tamanha intimidade entre pessoas que nunca se viram, como a escritora americana e o livreiro inglês. Eles se corresponderam por muitos anos e nunca se conheceram. A história era verdadeira, mas eu não acreditava.

De repente, me vi na mesmíssima situação: envolvido e encantado. Que coisa de louco, não? Fiquei com uma vontade enorme de encontrá-la. Eu é que não ia ficar tanto tempo na expectativa, ansioso do jeito que eu era! E, como já sabia que ela morava em São Paulo, arrisquei:

– Que tal a gente se encontrar?

Tive medo de ouvir um não e levar o maior fora. Mas ela foi direta:

– Acho ótimo! Quando você pode?

Na hora pensei: "Agora mesmo!" Então lembrei que aquela era a semana de provas mensais, e que eu não poderia vacilar. Último bimestre, provas finais chegando... Que saco! Além de ter de estudar muito, ainda ia adiar aquele encontro.

– Você pode na sexta à tarde? Tenho várias provas nos próximos dias, mas final de semana é sagrado, né?

– Posso, sim. Mas vamos conversar antes disso, né?

– Claro! Que tal um encontro aqui no *chat* todas as noites? Não vou poder ficar muito, mas pelo menos um pouquinho a gente conversa.

– Às oito, pode ser?

Encontro marcado! A gente se encontraria numa lanchonete de um *shopping*, para continuar conversando. Percebemos que tínhamos muito o que falar um para o outro!

Depois de sair do *chat*, peguei o livro de Ciências e tentei estudar. A prova era na primeira aula da segunda-feira. Ah, mas era praticamente impossível! Eu lia três palavras e começava a me lembrar da Rita, do nosso papo, do encontro na sexta... E ficava com a cabeça nas nuvens, completamente desconcentrado! Ainda bem que eu estava bem naquela matéria, senão ia me ferrar!

Foi então que uma dúvida começou a me perturbar. Será que eu deveria dizer logo para ela que era negro? Isso era importante? Faria alguma diferença ela saber? Claro que faria, ela podia não gostar de ser surpreendida. Ora, pensando bem, isso não devia fazer diferença, porque, na verdade, o que importava era eu, e não a cor da minha pele. Afinal, eu também não sabia se ela era gorda ou magra, bonita ou feia, e isso – quem diria, hein? – não era relevante para mim. Eu já gostava dela, independentemente de suas características físicas.

Fiquei me remoendo por um tempão, sem saber que atitude tomar. Eu estava confuso, porque, ao mesmo tempo que achava importante falar, também não via necessidade. Dá para entender? Pois é, nem eu entendia. Enfim, tomei aquela minha atitude típica: dei uma de avestruz, para variar. E adiei a decisão enquanto pude, claro!

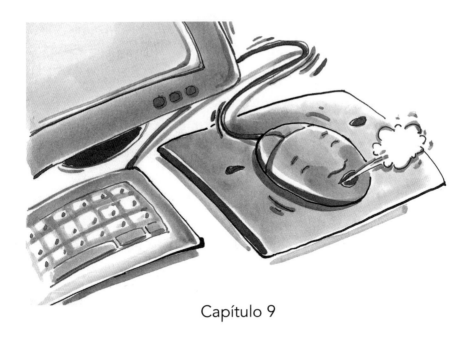

Capítulo 9

Naquela semana, a Rita e eu conversamos todas as noites, por pelo menos uma hora. E quanto mais nos falávamos, mais queríamos conversar. Cheguei à conclusão de que, por uma questão de autoproteção, eu deveria falar para ela que era negro antes do nosso primeiro encontro. Só que nunca conseguia achar o "momento certo", sabe? Fui enrolando e, na véspera do encontro, eu ainda guardava aquele *segredo*. Mas daquele dia não podia passar.

– Rita, preciso contar uma coisa pra você. É muito importante.

– Ué, conte, Marcelo...

– É que... eu não sei como dizer...

– Fale de uma vez. Quer que eu ajude? Assim, ó: eu conto até três e você fala, tá? Um, dois, três e... já!

– Não brinque, é sério!

Nossa, aquilo era muito mais difícil do que eu imaginava! E o suspense que fiz deixou a Rita assustada. Dava para entender. Afinal, esse negócio de internet era complicado. Com tanta gente mentindo, ela já estava achando que eu não era eu.

– Marcelo, não me diga que tudo o que você me falou até agora é mentira! Você é mais velho? É uma garota se fazendo passar por garoto?

– Não é nada disso! Nada do que falei é mentira, só não contei que sou... negro!

– Ah, Marcelo, tenha dó! Precisa me deixar preocupada assim à toa, poxa?! Eu já estava achando que você era um viciado em *crack*, ou algo muito pior!

– Você não acha ruim?

– Acho! Acho *muito* ruim, se você quer saber!

Senti um friozão na barriga, pensei que ela desmarcaria o encontro, que ia me desprezar. Até a Rita?!

– Então...

– Eu acho muito ruim você pensar que eu me importo com isso! Que tipo de pessoa você acha que eu sou?

– É que a gente nem se conhece... e eu já passei por situações muito chatas, sabe?

– Até entendo que você fique preocupado. Mas acho que, depois de tudo o que a gente conversou, você deveria me conhecer melhor.

– Fiquei com medo, porque estou gostando muito de conversar com você e não queria ser rejeitado.

– Tá. Desta vez passa!

– Nossa, que garota brava! – brinquei.

Fiquei aliviado. Que bom, eu não estava enganado! A Rita era gente boa mesmo!

– É, sou brava, sim! E odeio preconceito de qualquer tipo, tá?! Não ligo a mínima que você seja negro, porque não é a cor que vai fazer de você um cara legal ou um mau-caráter! E eu já gosto de você, Marcelo, porque é inteligente, tem bom humor, é sensível... E, se foi sincero comigo, é isso que importa. Agora, vou ficar muito decepcionada se você for do tipo que tem vergonha da própria cor.

– Não, não tenho vergonha. Mas que ando muito confuso, isso eu ando! A gente fala disso amanhã. Agora eu estou é feliz, porque você disse que já gosta de mim.

– É...

– Eu também, Rita, já gosto muito de você!

Naquela noite, fiquei horas rindo sozinho, parecia um bobo alegre! Afinal, no dia seguinte eu veria pela primeira vez a minha Princesinha. Eu estava eufórico. Minha única preocupação era de não haver *química* entre nós, sabe como é? Porque a telinha do computador dava uma proteção e tanto. E se pessoalmente nós fôssemos muito diferentes um do outro?

Enfim, chegou o grande dia. Nem sei como consegui fazer a prova de Português, porque minha concentração estava toda voltada para o encontro no Babaloo, às três da tarde. Depois da última aula, voltei para casa, almocei correndo e fui me arrumar. Lamentei não ter minha mãe por perto para me ajudar com o visual, mas acho que consegui um efeito interessante.

Estava tão ansioso que cheguei ao Babaloo quando faltavam vinte para as três. Dei uma olhada no lugar e não encontrei ninguém com a descrição da Rita. Ela me disse que estaria usando camiseta azul, calça *jeans* e um tênis cor de laranja. Se minha vista não ficasse ofuscada pelo brilho do tênis – ela brincou –, eu ainda poderia ver nas suas mãos um livro de química inorgânica, já que ela iria direto da escola para lá.

E eu disse de brincadeira que estaria disfarçado de árvore, pois vestiria camiseta verde-escuro e *jeans* marrom. Pedi um suco e me plantei em uma mesa logo na entrada. Três horas, três e quinze... e nada. Minha barriga já sentia aquele clássico friozinho, quando avistei um par de tênis cor de laranja saindo da escada rolante. Era ela!

Nem sei contar a sensação que tive: meu coração disparou, minha mão tremia e ficou toda suada, a boca secou... Um horror! E, ao mesmo tempo, uma delícia.

Ela também me viu e veio direto para a minha mesa.

– Marcelo?

– Rita?

Falamos ao mesmo tempo e começamos a rir. Ela me deu um beijinho no rosto, e senti minha face esquentar. Já falei que sou tímido, né? Ela pediu um lanche, e então começamos o reconhecimento.

– Eu tinha achado você tão interessante, Marcelo, que estava com medo de ser tudo ilusão. Internet é fogo, né?

– Você também? Nossa, eu tava morrendo de medo de você nem aparecer e depois tirar um sarro da minha cara! – confessei.

– Sabe que eu tenho um amigo que fez isso? Ele combinou com a garota, disse que estaria com uma certa roupa e foi com outra no encontro. Quando viu que ela era feia, saiu de fininho e nunca mais entrou com o mesmo *nick* na internet. Não é muito babaca?!

Ela contou o episódio indignada, dizendo que passou a rever a amizade com o carinha. Ainda mais porque ele teve a coragem de contar aquilo como se fosse o máximo!

– É mesmo? Mas ele era seu amigo...

– Ah, era, né?... Mas, depois de perceber que ele tinha esses valores tão mesquinhos, achei melhor manter distância. Imagine... só porque a garota era feia?! Como se ele fosse uma beleza rara!

Engatamos numa conversa longa, gostosa. Parecia que éramos íntimos. Sei que, para os padrões de beleza convencionais, ela não era linda de morrer, mas eu achei que era. E meu encantamento ia muito além disso. O jeito de olhar, de sorrir, tudo nela me fascinava demais!

Eu tive medo de não dar *química*, mas deu a maior *liga*, isso sim! Não demorou muito para trocarmos o primeiro beijo e – adivinhe?! – foi ela quem tomou a iniciativa. Não tenho vergonha de falar, não! Achei o maior barato!

Nós só *ficamos*, claro. Ainda era muito cedo para namoro. Mas, depois daquele primeiro encontro, sentíamos cada vez mais falta um do outro. Logo trocamos a internet pelo telefone, para continuarmos as longas conversas, todos os dias.

Foi um enorme alívio quando instalaram as outras linhas de telefone lá em casa. A paz voltou a reinar em nosso lar. Meu pai brincava que uma única linha não suportava dois adolescentes apaixonados feito eu e a Nanda. Acho que éramos mesmo exagerados!

E a paixão foi crescendo, incontrolável e avassaladora. E olhe que eu já tinha gostado de outras garotas, mas daquele jeito, nunca. Nunquinha mesmo! Em pouco tempo, começamos a namorar. Foi inevitável!

Acho que não contei ainda, mas o Pedro e a Bia estavam passando pela mesma situação. Muito engraçado! Todo mundo falava que a paixão deixa as pessoas meio bobas, mas eu não acreditava. Depois, entendi o que isso queria dizer! Só de ver a cara de apaixonado do Pedro, eu imaginava como também devia estar abobalhado.

A Verinha é que não aguentava mais ficar perto da gente, porque achava que estávamos babando demais.

– Vocês dois estão insuportáveis, sabia? Detesto bobos felizes! – e ria da gente.

Por falar na Verinha, ela me contou que já estava frequentando o Alanon, aquela sociedade de ajuda aos familiares de alcoólatras.

– Mas eu não ia com você?

– Ah, Marcelo, preferi ir sozinha... Você entende, né?

– Entendo, sim. Você tá bem?

– Tô bem melhor, e sua ajuda foi fundamental. Nunca vou esquecer, viu?

Fiquei contente de saber que a Verinha estava melhor, e me senti um pouco mais aliviado. Depois que comecei a namorar, fiquei menos disponível para os amigos. Por que os apaixonados são assim? Parece que se fecham numa concha...

Mas eu tinha vontade de me encontrar com o Pedro. Fazia tempo que nós não saíamos juntos.

– Pedro, vamos combinar um programa a quatro? Eu, a Rita, você e a Bia, que tal? Acho que você vai gostar da Rita, cara. Ela é muito legal!

– Só faltava você não achar sua namorada legal, né? Eu também tava querendo combinar uma saída desse tipo com vocês, já tinha até comentado com a Bia. Ai, a Bia...

– Ai, a Rita...

E a gente riu muito. Começamos a combinar a saída dos quatro para um sábado à tarde: queríamos algum programa divertido, mas num lugar onde fosse possível conversar. Imaginei que juntar os quatro bobos apaixonados só daria palhaçada. Mas, de novo, eu me enganei... e muito!

Capítulo 10

Acabamos saindo no final de semana anterior ao aniversário da Rita, que seria no dia 21 de novembro. Então, começariam as provas finais e, em seguida, férias!

Resolvemos pegar um cinema e depois ir ao Archie's para tomar um lanche e bater papo. Foi uma conversa muito, mas muito interessante, nunca mais vou me esquecer. Em primeiro lugar, porque a Rita contou a experiência dela com a separação dos pais, o que foi muito importante para o Pedro. Os pais dele decidiram mesmo se separar, já estavam com advogado e tudo. Ele estava bem abatido, pois tinha recebido a notícia naquela manhã.

– Como você tá com isso, cara?

– Ah, Marcelo, eu tô muito chateado! Agora é definitivo, não tem mais volta! Eu quase desmarquei nosso encontro, sabia?

– Pedro, meus pais também são separados, não sei se o Marcelo contou pra você.

– Contou, sim, Rita. Como você se sentiu?

– Bem, no começo foi difícil, porque eu achava que ia ficar dividida entre os dois, sabe?

– É, é assim que eu estou me sentindo.

– Mas, depois, fui percebendo que eu continuava cem por cento filha do meu pai e também da minha mãe. Vi que eu não ia ter menos carinho de nenhum deles. O amor que acabou foi o que sentiam um pelo outro, não o que cada um sente por mim. Isso foi muito importante, apesar de ser chato passar a ver menos o meu pai.

– É... meu pai já tá fazendo muita falta...

Então, a Rita disse que, com o passar do tempo, o que ela sentiu foi admiração pelos dois, pois eles não se acomodaram numa situação ruim, nem a usaram como desculpa.

– Eu acho que seria muito pior se eles ficassem se aguentando só por minha causa. Os dois acabariam perdendo a amizade e o respeito que têm um pelo outro.

– Ainda são amigos? – Pedro estava bem interessado.

– Muito! E se respeitam bastante, o que é muito bom. Não tenho boas recordações da época em que eles brigavam, sabe? Eu me sentia tão insegura! Acho que os respeitaria menos se ficassem juntos só por minha causa. Seria muita hipocrisia!

– Como você faz quando sente muita falta do seu pai?

– Bem, eu ligo pra ele, e a gente vai jantar fora. Às vezes, durmo na casa dele, mesmo que não seja o dia combinado.

– Sua mãe não encrenca?

– Claro que não! Ela sabe como isso é importante pra mim e quer me ver feliz.

– Poxa, eles devem ser muito bacanas, mesmo! – a Bia fez seu primeiro comentário com delicadeza, porque nem eu nem ela tínhamos passado por aquela experiência.

– São mesmo, e isso é uma sorte. Acho que o fato de eles conseguirem separar o desentendimento deles da relação que têm comigo fez toda a diferença.

– As pessoas ficam olhando pra você com aquela cara de piedade?

– Ah, sim, e isso é um saco! E tem gente que acha que filho de pais separados é desajustado, drogado, um monte de baboseiras... Mas isso depende de como você se posiciona. Eu não admito nem uma coisa nem outra, e acabo sendo respeitada!

– Poxa, Rita, legal saber disso tudo! Tá me dando um certo alívio, sabe? Depois eu posso ligar pra sua casa? Seria legal se a gente conversasse mais sobre isso. Quer dizer, se o Marcelo deixar, né?

– Que papo é esse, Pedro? Eu não tenho dono! Você pode me ligar, sim, independentemente de o Marcelo *autorizar*. Se ele não confiar na namorada e no melhor amigo, que vai ser da vida dele?

– É isso aí, Rita, apoiado!

Bia aplaudiu entusiasmada.

– Credo, é só brincadeira!

– Ih, Pedro, já viu que, com essas garotas, machismo nem de brincadeira, né?

E então a conversa tomou outros rumos. Comentamos a comédia que tínhamos assistido, fofocamos, rimos muito. Nessa hora, entraram uns rapazes na lanchonete. Um deles era bem afeminado, e o outro devia ser seu namorado. Fiz um comentário de mau gosto, tipo "olha lá a bicha-louca", e quase apanhei na mesa!

– Marcelo, que decepção!

– Qual é, gente?! É só uma brincadeira, poxa!

Então, a Rita e o Pedro me falaram que isso também era preconceito. E que eu, que sofria discriminação por ser negro, devia ser o último a fazer um comentário ridículo como aquele. Levei uma dura *federal*, daquelas que a gente não esquece. E aí o Pedro começou a falar:

– Sabe por que eu briguei com a dona Neusa, Marcelo? Sabe por que eu odeio preconceito?

– Porque você é um cara consciente e amigo.

– Sou consciente, sim, mas também já sofri isso na pele, cara!

Então ele contou uma história que tinha acontecido com ele havia um ano. Seu melhor amigo, naquele momento, era um primo *gay*. O Pedro sabia, mas não se importava. A família nem desconfiava, e o primo sofria muito, porque tinha de mentir e esconder sua condição.

– Você sabe que minha família é superconservadora, né? Então, quando os pais dele descobriram, fizeram um escândalo absurdo! E sabe o que mais? Internaram o Beto num colégio na Suíça, cara. Meus tios até me proibiram de falar com ele pelo telefone! Como se eu pudesse ser "contaminado", sabe como é?...

– E você nunca mais falou com ele?

– A gente se correspondia através de uma amiga comum. Ele escrevia pra mim e mandava pra ela, então ela me entregava a carta escondido! Agora, com a internet, tá mais fácil, mas o que eu sei é que ele tá sofrendo demais lá. Parece que está sendo obrigado a fazer uma terapia para tentar se "curar", como se *gay* fosse doente, um absurdo!

– Nossa, que horrível!

A Rita estava completamente indignada e ficava dizendo que não se conformava com o fato de as pessoas serem capazes de tamanha crueldade, só porque alguém era diferente. Eu também estava chocado, imaginando o quanto o primo do Pedro devia estar sofrendo, longe da família, longe dos amigos, proibido de amar...

– E ele tinha alguma atração, digamos assim, por você, Pedro?

– Não, nenhuma! Ele era apaixonado por um carinha do colégio dele, não pensava em mais ninguém! Além disso, ele sabia que eu gosto de mulher e nunca insinuou nada pro meu lado.

Então entendi a reação do Pedro. Fiquei constrangido, envergonhado mesmo, de ter feito uma brincadeira como aquela. E fiquei pensando como é fácil ser preconceituoso, mesmo nas pequenas brincadeiras, nos gestos mais cotidianos. Até mesmo eu!

A Bia estava ouvindo atentamente e percebeu meu constrangimento. Virou-se para mim e, com aquela sua delicadeza, perguntou:

– Marcelo, a gente mal se conhece, mas será que eu podia fazer uma pergunta pra você?

– Claro, Bia, pode falar.

– Antes de mudar pro San Paolo, você já tinha sido discriminado?

– Ah, Bia, eu tinha sim, mas acho que nem me dava conta. Eu era muito bobinho.

– *Era?* – o Pedro brincou.

– Engraçadinho... Olha, vou dar um exemplo: sempre fui bom de bola, modéstia à parte, e o pessoal da rua só me chamava de Pelé. E não adiantava eu dizer que não gostava, era Pelé e pronto! E também era um tal de Mussum pra cá, Mussum pra lá...

Eles riram das caretas que eu fazia para falar do assunto.

– E ainda tinha aquelas piadinhas racistas, sabe? Uma mulher da vizinhança, inclusive, vivia dizendo – e para me elogiar, hein? – que eu era preto, mas era limpinho. Um nojo, né?

– Nossa, que idiota! – A Rita se manifestava sempre de modo contundente.

– Mas você nunca passou por nenhuma situação explícita mesmo? – o Pedro quis saber.

– Tipo o quê? Agressão física?

– Alguma coisa assim.

– Passei, sim, mas foi tão chato que eu simplesmente apaguei da minha memória. Foi a Nanda que me lembrou há pouco tempo...

– Dá pra contar?

Gente, aquela Bia era de uma doçura... Ela perguntou aquilo com uma voz suave, tão meiga! Eu, para falar a verdade, não estava nem um pouco a fim de falar sobre aquilo, mas não consegui negar.

– Bem... eu... tá bem, vou contar. Eu devia ter uns nove anos. A gente ainda morava na Parada Inglesa, lá na Zona Norte. Um amiguinho da escola me convidou pro aniversário dele num clube de campo, e eu fui. Num certo momento, me afastei do pessoal da festa e acabei me perdendo. Cheguei perto de uma turma de garotos um pouco mais velhos que eu pra perguntar como eu podia voltar.

– Quantos eram? – a Rita perguntou.

– Ah, eram uns quatro, deviam ter entre dez e treze anos. Eu nem tive tempo de fazer a pergunta. O primeiro me deu uma rasteira, e os outros me cercaram, chutando e cuspindo. Eles falavam coisas do tipo "neguinho fedido", "cabelo ruim"...

– Nossa, que barbaridade! – a Bia ficou impressionada.

– E depois, como acabou? – o Pedro quis saber. Ele estava bem revoltado.

– A mãe do meu amigo sentiu a minha falta e pediu pra me procurarem. Quando os moleques ouviram gente chegando, saíram correndo à toda.

– Mas que covardões!

– Então, o pai do meu amigo me encontrou caído, com a roupa suja e toda rasgada, cheio de machucados pelo corpo inteiro.

– E pegaram os garotos?

– Não, porque eu estava em estado de choque e demorei muito pra conseguir contar o que tinha acontecido. A essa altura, eles já tinham sumido.

Ficamos ali comentando o episódio, depois mudamos naturalmente de assunto, e aquele clima tenso foi se desfazendo. Voltamos a contar piadas, a fazer gozações e a rir bastante. Eu me diverti muito naquele sábado, mas também sofri um bocado. Sofri por relembrar aquela história antiga e tão dolorosa para mim. E sofri muito mais por ter sido, eu mesmo, tão babaca e preconceituoso. Os dois lados da mesma moeda.

Fomos embora umas nove da noite, e eu acompanhei a Rita até a sua casa. Ela estava supercarinhosa, e uma sensação muito boa me invadia. Era amor, pode crer.

Quando chegamos lá, vimos que a mãe dela tinha deixado um bilhete:

Rita, esperei você até às 20h, mas tinha marcado de sair com o João, então não pude esperar mais. Tem dinheiro na gaveta da cômoda, se você quiser pedir uma pizza. *Não sei a que horas eu volto, mas estou com o celular. Se precisar de alguma coisa, me ligue, tá bem? Um beijo com amor, mamãe.*

Resolvi ficar um pouco mais com a Rita, e trocamos beijos e carinhos cada vez mais quentes e profundos.

– Rita... – sussurrei, carinhosamente.

– Humm?...

– Eu amo você!

– Eu também, Má!

Nossa, foi o máximo! Fiquei superempolgado! Foi me dando uma coisa, um arrepio, um calor... É, você já entendeu, né? Eu estava mesmo era com o maior tesão! E então...

Capítulo 11

Comecei a me exceder. Para falar a verdade, eu estava praticamente atacando a Rita. Até um certo momento, ela estava gostando. Mas, quando eu quis tirar a sua blusa, ela segurou forte a minha mão e disse para eu parar:

– Marcelo, ainda não.

– Mas, Rita, a gente se ama, a gente tá morrendo de tesão... Você tá sozinha em casa, que é que tem?

– Não me sinto preparada. Você pode aceitar isso?

Para ser sincero, acho que exagerei um pouco, mesmo. Eu estava frustrado, achando que o mais natural era a gente transar ali, naquela hora! Mas comecei a controlar minha respiração e, enfim, consegui me segurar. Não é só porque *eu* queria que ela teria de querer também, né?

– Posso, sim, Rita. Quando você achar que pode, então a gente volta a falar nisso, *ok*? Eu espero, eu espero...

– Má, você é demais, sabia? Acho que amo você ainda mais por isso!

É... eu tinha marcado um montão de pontos naquela hora. Isso me fez ficar mais feliz.

– É? Então me abrace forte, minha Princesinha!!

Ela fez um beicinho tão lindo quando eu disse que tinha de ir... No táxi, eu fui matutando sobre tudo o que tinha acontecido naquele dia. Tive a sensação de que começava a crescer, sabe? Eu me sentia muito mais gente!

Já passava da meia-noite quando cheguei em casa. Meu pai estava na sala preocupado, esperando por mim, porque eu tinha saído logo depois do almoço e nem me lembrei de ligar para ele.

– Filho, tá tudo bem com você?

Fiquei aliviado, porque o tom era de preocupação, não de bronca.

– Tá, pai. Desculpe, eu perdi a noção do tempo e esqueci de ligar.

– Tava namorando, hein, danadinho?

– É, tava sim.

Pensei que ele poderia me ajudar. Afinal, ele era homem, e eu estava querendo ser. Não sei se já contei, mas eu ainda era virgem. E tinha muitas dúvidas sobre sexo e o que fazer na primeira vez. Eu estava louco para conversar.

– Então, boa noite, filho.

– Pai...

– Humm?...

– Ahn...

– Fale, filho!

– Não, nada. É só pra você me chamar amanhã na hora em que acordar, tá? É que eu quero ir pro clube.

– Tá bem, filho. Boa noite.

Dei um beijo nele e fui para o meu quarto, meio aborrecido com essa minha dificuldade de pedir ajuda. E agora, o que fazer? Eu não podia perguntar essas coisas para a Nanda; ia me sentir muito inibido. Mesmo porque, nesse caso, uma garota não poderia ajudar tanto. Eu precisava de um papo de homem para homem, entende? Ai, meu Deus do céu, com quem eu poderia conversar?

Domingo cedo, antes do clube. Adivinhe só para quem eu liguei?

– Pedrão, tô precisando levar um papo com você. Mas é particular, sabe? Sem as meninas...

– Tudo bem, Marcelo. Quando você quer conversar?

– Quando você puder.

– Hoje, depois do almoço, que tal? A Bia não vai poder sair, mesmo. Você pode?

– Eu não só posso, como preciso, cara! Depois eu vejo a Rita.

– Então tá marcado!

Eu me sentia engraçado, porque, naquele momento de intimidade com a Rita, não me senti despreparado, não sentia dúvida, só desejo. Mas depois fiquei pensando... Nossa, eu não sabia um monte de coisas! E o Pedro foi mais do que amigo, foi um irmão nessa hora.

– Você já transou, Pedro?

– Já, sim, Marcelo.

– Como foi? Me conte tudo!

Contei para ele o motivo da minha insegurança. Ele foi falando que o pai dele tinha ajudado muito, dando um monte de dicas.

– Já falei que ele é amigão, né? Então...

E foi contando que o pai dele nunca quis que ele transasse com prostitutas, como alguns costumam fazer. Ao contrário, ele tinha dito para o Pedro que relação sexual envolve muita energia, suor, esperma, enfim, que não valia a pena gastar tudo isso com uma pessoa desconhecida. Que o melhor era transar com alguma garota legal, com quem você pudesse se relacionar, trocar experiências e afeto. Não tinha de ser necessariamente o amor da sua vida, mas precisava ter alguma coisa gostosa. Muito diferente de um "servicinho"...

– Nossa, ele falou tudo isso?

– Falou muito mais. Disse que eu nunca deveria transar sem usar camisinha. Que, nos dias de hoje, preservativo é fundamental. Para evitar gravidez – eu ainda sou muito novo para ser pai – e principalmente o contágio de doenças sexualmente transmissíveis, como sífilis, gonorreia, aids...

– Mas isso todo mundo já sabe, né? Não é novidade.

– É, mas ele me falou que, apesar de ter informação, a maioria dos carinhas da nossa idade esquece de ter uma camisinha à mão. E, na hora do desejo, transam sem proteção, pensando que a desgraça só bate na porta do vizinho.

– Mas, se você não for homossexual nem hemofílico, a chance de se contaminar com aids é muito menor, não?

– Xi, Marcelo, essa ideia é superantiga! Hoje em dia, não há mais grupos de risco. Os homossexuais e os hemofílicos são os grupos que mais se cuidam, e a contaminação entre eles diminuiu pra caramba! O que existe é *comportamento de risco!*

– Como é isso, Pedro?

– É o seguinte: se você for promíscuo e se não usar camisinha, os riscos potenciais são multiplicados!

– Ah, tô entendendo. Mas esse papo tá muito técnico, eu queria saber mais como acontece na hora. Você não ficou com medo de não *funcionar*?

– Fiquei morrendo de medo, cara! Tanto que quase não funcionou mesmo! Minha sorte é que a garota era muito legal, *sacou* e me deu a maior força!

Então, começamos a falar dessa pressão que nós, garotos, sofríamos para ser *os garanhões*. E também da obrigação de desempenhar bem o nosso papel... E se não conseguíssemos satisfazer a garota? Era o fim do mundo!

– Pedro, tenho medo de uma coisa...

– De quê?

– E se meu p... for pequeno? E se ela der risada?

– Bem, meu pai falou que esse negócio de tamanho é bobagem, que as mulheres se importam mais é com o jeito com que os homens transam. E com outras coisas que os garotos, na afobação, sempre esquecem.

– Tipo o quê?

– As garotas gostam de muito carinho, muito beijo, pra ficar excitadas. Não é como a gente, que fica duro, goza e acabou. Elas precisam de preparação, valorizam as chamadas preliminares. É isso que vai fazer com que fiquem prontas pra transar. Se você quiser ir enfiando de qualquer jeito, elas vão sentir muito mais dor do que prazer. E vão achar que você é um egoísta apressadinho!

– Poxa, isso eu não sabia! Quer dizer que tem de ir com calma, né?

– É, foi o que meu pai falou, e comigo funcionou! Eu não fiquei tão ansioso, fui procurando saber o que ela queria. E, assim, a responsabilidade da relação não ficou só nas minhas costas. Eu fiz carinho em tudo quanto é lugar, tentei deixar a garota com muita vontade e só fui às vias de fato quando ela pediu. E tem mais: foi ela quem colocou a camisinha pra mim. Você acha que dá pra broxar assim?

– E como foi, Pedro?

– Ahhh... Foi o máximo, cara!

Depois daquele papo com o Pedro, descobri que informação nunca é demais. Então, comecei a ler um monte de livros sobre sexo, higiene, prevenção e tudo o mais. E uma coisa muito importante que ele me disse, e que eu nunca vou esquecer: se você não se sentir preparado para usar camisinha, adie a primeira transa. Por isso, comecei a me preparar.

No sábado seguinte, era o aniversário de quinze anos da Rita. Mas ela já dizia que tinha essa idade desde quando a gente se conheceu. Afinal, faltava tão pouco tempo que nem valia mais a pena dizer quatorze. Apressadinha, ela, né?

Eu estava um pouco ansioso para ir à festa, porque conheceria os pais e os amigos dela. Já fazia um mês que a gente namorava, mas eu ainda não frequentava a casa. Será que eu seria bem recebido? Não haveria algum ti-ti-ti, mesmo disfarçado, por ela ser branca e eu, negro? Eu já estava muito cansado daquilo tudo.

As expectativas eram as melhores possíveis, já que a Rita sempre me falava que seus pais eram abertos e contra qualquer tipo de preconceito, como ela. Mesmo assim, eu estava um tanto preocupado.

Bom, quando cheguei na festa, já havia bastante gente por lá, porque o Pedro se atrasou um pouco para me pegar. Então, a Rita me apresentou à sua mãe:

– Mãe, este é o Marcelo.

– Oi, Marcelo! Até que enfim a gente se conheceu, né? A Rita fala muito bem de você! Seja bem-vindo, filho. Sinta-se em casa!

– Muito prazer, dona Maria Clara! A Rita também fala muito da senhora.

– Ih, me chame de *você*, tá? Deixe esse *dona* pra lá.

– Tá bem!

Já fiquei bem contente. Que pessoa acolhedora, a mãe dela! Em seguida, ela me apresentou ao pai.

– Marcelo, soube de uma coisa horrível a seu respeito!

Gelei na mesma hora! Do que ele estava falando?

– O que foi que eu fiz, seu Felipe?

– Fez, não. É!

Fiquei mudo. Aí ele disse: – Você não é palmeirense, garoto? Isso é horrível! Eu torço pro Corinthians, claro!

E caiu na gargalhada. Cara, que susto ele me deu! Depois, fui percebendo que ele era assim mesmo, brincalhão, o tempo todo.

– Tô só brincando, garoto! Prazer! A Rita falou que você é um cara batuta.

Não consegui disfarçar e dei risada. *Batuta* é uma gíria muito velha, né? Ele percebeu e riu também. Maior astral, aquele cara!

– O prazer é todo meu, seu Felipe!

Então, a Rita fez questão de me apresentar pessoalmente a cada um de seus amigos. E ela fazia isso com tanto orgulho! Fiquei mais apaixonado ainda. Além do mais, a turma dela era *muito* bacana! Todo mundo foi bastante receptivo comigo, me senti completamente à vontade e acolhido. Que legal! Acho que, antes de chegar lá, eu ainda estava meio na defensiva, sabe? E isso também é um tipo de *pré-conceito*.

O Pedro ficou muito contente em ver que o seu Felipe também estava na festa, apesar de ter se separado da mãe da Rita. Acho que isso foi uma espécie de consolo para ele.

A festa foi uma delícia. Não tinha nada daquela ostentação da casa do Rodrigo. Era tudo muito simples e natural. Por isso, talvez, muito mais aconchegante! E eu dancei a noite toda, feliz da vida!

Quando fui embora, a dona Maria Clara, quer dizer, a Maria Clara me convidou para almoçar com ela e a Rita no dia seguinte. Fiquei radiante e aceitei na hora. Eu sabia que estava arranjando uma encrenca lá em casa, porque não tinha avisado antes, mas resolvi arriscar. Afinal, eu queria conhecer melhor minha *sogra*! E, para falar a verdade, foi muito melhor do que eu imaginava!

Capítulo 12

Naquele almoço na casa da Rita, eu fiz uma porção de descobertas. A Maria Clara era professora universitária. Ensinava uma matéria (não lembro o nome) na Faculdade de Letras lá da USP. Fiquei admirado, porque sabia que para dar aula nessa universidade era preciso muito conhecimento.

Ela me falou de seus escritores e cantores prediletos e me apresentou alguns de seus "tesouros". Cara, eu nunca tinha visto tantos livros e CDs na minha vida! E ela fazia isso com tanta paixão que fiquei bastante curioso.

– Você gosta de ler, Marcelo?

– Gosto, mas leio quase só os livros que os professores da escola indicam. Às vezes, a Nanda, minha irmã, também me apresenta alguns.

A mãe da Rita percebeu que eu poderia ser conquistado facilmente para o "time dos leitores compulsivos" e resolveu investir: emprestou-me vários livros de que eu poderia gostar. Levei para casa uma literatura da melhor qualidade: *O apanhador no campo de centeio*, do J. D. Salinger, *O beijo da mulher aranha*, do

Manuel Puig, *Feliz ano velho*, do Marcelo Rubens Paiva, *O que é isso, companheiro?*, do Fernando Gabeira, e *A idade da razão*, do Jean Paul Sartre. E eu fiquei com a maior vontade de ler todos. A propaganda é a alma do negócio, né?

– Mas eu vou demorar pra devolver, Maria Clara! Estou em época de provas no colégio. Posso ficar com eles nas férias?

– Claro, Marcelo, não tenha pressa.

Depois do almoço, sentamos no jardim e ficamos conversando durante horas. Ela contou várias histórias engraçadas da Rita quando criança. Minha namorada ficava meio brava, mas acabava achando graça também.

Sabe, senti muito, mas *muito* mais liberdade de conversar com ela do que com meus pais. E ela era quase uma estranha para mim. Não sei bem como a conversa foi tomando esse rumo, mas acabamos falando de racismo, preconceito e discriminação, para variar. Entretanto, ela falou de coisas de que eu não sabia, como, por exemplo, da desigualdade social entre negros e brancos no nosso país.

– Você sabia que no Brasil a mortalidade infantil entre negros é quase 67% superior à que acontece entre brancos? É maior que na África!

– É mesmo?

– Você sabia que, para realizar as mesmas funções que um branco, os negros têm, na maioria das vezes, salário inferior?

– Isso é um absurdo! – eu ficava cada vez mais admirado e revoltado.

– E que um negro tem *muito* mais chance de ser acusado por um crime, mesmo que não haja provas suficientes contra ele?

– Nossa! Eu não sabia disso! Uma amiga lá da escola me disse que discriminação racial é crime. Isso é verdade?

– É verdade, sim. Você lê jornal?

Fiz que não com a cabeça. Então, ela contou vários episódios recentes de racismo que tinham dado punição e até mesmo cadeia aos agressores. E me aconselhou a ler jornal e a estar sempre bem informado sobre meus direitos.

– Tudo isso é fruto da ignorância que ainda impera em nosso país, Marcelo. E a ignorância só interessa àqueles que já detêm o poder, a elite branca e discriminadora. Quando puderem ter mais informação, os negros farão valer seus direitos. Aí as coisas vão mudar.

– Mas isso demora, não?

– Mesmo que demore, é preciso mudar! E pra isso, Marcelo, nada melhor do que você mostrar sempre muito orgulho da sua negritude. Imponha-se, e as pessoas vão aprender a respeitá-lo!

Depois de me abrir os olhos para muita coisa que eu nem imaginava, a Maria Clara pediu licença, porque tinha marcado um encontro com o João, seu namorado. Perguntei para a Rita se ela não se incomodava com essa história de a mãe ter namorado.

– Que nada! Acho ótimo! Quando ela está namorando, fica muito melhor, sabia? E o meu pai também!

– E o que você acha do João?

– Ah, ele é legal. O Miguel, o namorado anterior, era muito chato, me tratava como criancinha... mas o João, não. Ele me respeita, conversa comigo de um jeito bacana. Eu gosto dele.

Então comentei que a mãe dela era ótima. Eu tinha ficado encantado! E estava me sentindo com uma força que nunca tinha tido antes.

– Ela é muito mais bacana do que você imagina.

– Como assim?

– Eu falei pra ela que estava confusa sobre sexo, sabe? Não sabia se devia ou não transar.

– É mesmo? Falou com a sua mãe?! E o que ela disse? – fiquei supercurioso.

– É, falei. Ela disse que essa decisão tem de ser só minha, que eu vou saber quando for o momento. Não existe uma idade certa, uma data marcada pra isso.

Ela também disse para a Rita que esse papinho dos garotos de que "transar é prova de amor" era furado, uma forma de pressão machista. O mais importante era não se deixar pressionar, porque não há prova maior de amor do que o respeito.

– Marcelo, eu contei pra ela o que tinha acontecido entre nós.

– Você é maluca?

– Calma, Má. Ela achou legal, disse que você era um cara sensível, em quem certamente eu podia confiar.

– É? – eu estava incrédulo.

– E tem mais...

– Mais? – eu estava cada vez mais surpreso!

– Disse que, como me achava madura o suficiente pra decidir quando era o momento, me daria sempre todo o apoio necessário. Também falou de sexo seguro, e até me ensinou o jeito certo de colocar a camisinha no... ahn... ah, você sabe!

Nunca tinha ouvido falar de uma *sogra* tão bacana! E o que mais me impressionava é que a Rita tinha liberdade para falar *tudo* com a mãe. Sabe, ela não deu nenhuma lição de moral, não! Deu foi uma lição de vida!!

Tanto eu como a Rita sentíamos que o nosso grande dia não estava muito longe, mas agora nenhum dos dois tinha pressa. Aquelas últimas semanas tinham nos ensinado muita coisa, mas sabíamos que ainda havia muito o que aprender. E fiquei com a sensação de que nós dois saberíamos a hora certa. E foi mesmo o que aconteceu!!

Capítulo 13

Depois daquele final de semana quase mágico, entrei em período de provas finais. Foram duas semanas em que tive prova dia sim, dia não. Estudei muito, mas muito mesmo!

Eu tinha resolvido colocar em prática tudo o que estava aprendendo naquela época difícil de sofrimento e de delícias. Enfim, de descobertas. Esse negócio de ficar me sentindo uma vítima não estava mesmo com nada. E, tenho de confessar, a Rita foi importantíssima nessa minha mudança de postura. Ela não só falava o que pensava, mas *agia* conforme suas ideias. E eu cresci muito.

No primeiro dia de prova, pude me firmar na minha nova posição. Enquanto estava distribuindo as provas, o Ivan, professor de Ciências, dava instruções de como a gente devia responder:

– Quero organização e objetividade em todas as respostas, fui claro? E nada de rasuras, entenderam? Tratem de fazer um *serviço de branco!*

Ele acabou de falar e se tocou de que eu estava na sala. Deu uma disfarçada, virou de costas e continuou a distribuir as provas. Não pediu desculpas, não! Ah, mas eu não deixei barato. Dessa vez, não! Levantei a mão, mas não esperei ser autorizado:

– Professor, o que o senhor quer dizer? Que negro como eu não faz trabalho limpo, decente?

– Olha aqui, garoto, você entendeu. Não complique as coisas, tá?

– Entendi que o senhor está me discriminando, e eu exijo que se desculpe agora mesmo!

– Quem é você para exigir alguma coisa, menino? Ponha-se no seu lugar! Você não passa de um pirralho negro! Não vou pedir desculpa coisa nenhuma. Era só o que me faltava!

Eu sou tímido, mas estava cansado de levar desaforo para casa. Sei lá o que me deu, mas de repente senti uma força enorme! Nem gaguejar eu gaguejei, acredita? E todo mundo olhava espantado para mim.

– *Mestre* – falei num tom bem irônico –, como educador, *o senhor* é um fracasso! Racismo é crime, sabia? Veja o exemplo que *o senhor* está dando.

Vi que a Verinha e o Pedro estavam me olhando com orgulho, e me senti mais forte ainda!

– É melhor *o senhor* se retratar agora mesmo. Ainda dá tempo de pedir desculpas, *mestre.*

– Não tenho do que me retratar, moleque. Agora faça silêncio, que a prova vai começar! Imagine, um negrinho querendo me ameaçar!...

Na mesma hora, eu levantei e me retirei da sala. O sujeito ainda queria que eu ficasse calado? Fui direto para a diretoria, cego de raiva. Entrei, mas a diretora não estava. Fui falar com o Túlio, que arregalou os olhos.

– O Ivan falou tudo isso pra você, Marcelo?! – ele estava bastante surpreso.

– Falou, Túlio. Eu não teria vindo até aqui se não fosse a mais pura verdade!

De repente, vários colegas meus também entraram na sala. Tirando alguns covardes e outros racistas, mais da metade da minha turma tinha se retirado da sala para me apoiar. E todo mundo falava ao mesmo tempo, a indignação era total! Fiquei abestalhado com tamanha solidariedade! É... abestalhado é o termo!

Agora eu entendia a importância de assumir uma posição! Fomos autorizados a fazer a prova em outra sala. E, para um colégio tão tradicional quanto o San Paolo, a atitude da direção foi a mais rápida e digna possível: o Ivan foi demitido no mesmo dia. Claro que ele foi ouvido, mas vinte alunos exigindo medidas imediatas tinham muito mais peso do que as desculpas esfarrapadas que ele podia dar.

Rá!... e ele não imaginava que o meu pai era advogado! Entrou numa fria, gente! Não conseguimos fazer com que ele fosse preso, pois perdemos o flagrante, mas meu pai entrou com o processo imediatamente. E senti a maior firmeza no velho Jorge! Passei a admirá-lo ainda mais!

– Não é pelo dinheiro, filho, que isso não paga nossa dignidade, mas é para marcar posição, para o sujeito não pensar que pode ser racista impunemente. Eu confio na Justiça, mas é preciso acioná-la, sabe? Então, vamos à luta!

– É isso aí, pai!

– Filho?

– Hein?

– Fiquei muito orgulhoso de você, viu? Gostei de saber que não baixou a cabeça!

– Valeu, pai!

Depois de toda aquela confusão, decidi estudar muito mais. Porque, agora, ser bom aluno era uma questão de honra para mim. Eu queria mostrar que um negro podia estar entre os melhores da classe. E acabei o ano em quinto lugar, atrás apenas do Geraldinho, da Cláudia, do Pedro e da Roberta. Mesmo tendo entrado na escola no meio do ano. Foi uma vitória e tanto, não acha?

Acabaram-se as provas e vieram as tão almejadas férias. Eu recebi dois convites para viajar. O Pedro me convidou para ir ao Guarujá com a família dele. E a Rita me chamou para passar quinze dias em Maresias, com ela e a Maria Clara. Imagine o que escolhi?

– Aí, Pedrão! Agradeço muito o seu convite, mas vou viajar com a Ritinha... Você não fica chateado comigo, não é?

– Que é isso, Marcelo? Claro que não! Boa viagem, então! E juízo, viu?

– Pode deixar, amigão! Boa viagem pra você também!

Logo após o Natal, fomos para o litoral. A casa que a Maria Clara alugou era muito linda, quase na beira da praia. E foi nesse paraíso tropical que a Rita e eu nos amamos pela primeira vez.

A Maria Clara e o João tinham saído para dançar lá no Sirena. Não tínhamos planejado que fosse acontecer naquele dia, mas aproveitamos que estávamos sozinhos para fazer um programa romântico. Fizemos um jantar à luz de velas. Tá certo que era *miojo com salsicha*, mas o importante era o clima, né? O clima todo estava de arrasar. Barulho de mar, luz de velas, um som legal...

Começamos a nos beijar, depois nos acariciamos. Eu estava calmo, surpreendentemente tranquilo. Fomos nos tocando... e o desejo aumentava cada vez mais. Então, a Rita sussurrou no meu ouvido:

– Estou pronta, Marcelo. Hoje quero ser toda sua!

Meu coração disparou, mas mantive a serenidade. Beijei-a toda, e bem lentamente. Daí, nossa respiração foi se acelerando junto, o desejo aumentando, aumentando. Peguei um pacotinho com a camisinha, abri com dificuldade, porque estava nervoso, e pedi para ela me ajudar a colocar. Cara, ela fez aquilo de um jeito!... Eu quase não estava mais me aguentando. Então ela avisou:

– Ai... é agora, Marcelo, agora! Quero você agora!

E esse, até hoje, foi o dia mais maravilhoso de toda a minha vida!!!

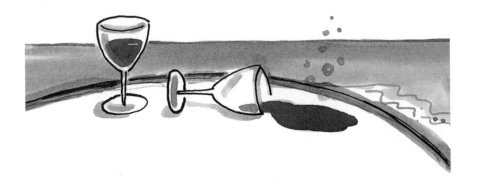

Este livro foi composto em Avenir e Rotis Serif e
impresso em papel Offset 90g/m^2.